童年

心趣

简歌 著

中国民族文化出版社

北　京

图书在版编目（CIP）数据

志趣童年 / 简歌著 . —— 北京 : 中国民族文化出版
社有限公司 , 2024. 12. —— ISBN 978-7-5122-1967-0

Ⅰ . I267

中国国家版本馆 CIP 数据核字第 20244BD562 号

志趣童年

Zhiqu tongnian

作　者	简　歌
责任编辑	张　宇
责任校对	杨　仙
出 版 者	中国民族文化出版社　　地址：北京市东城区和平里北街 14 号 邮编：100013　联系电话：010-84250639　64211754（传真）
印　装	四川科德彩色数码科技有限公司
开　本	880mm × 1230mm　32 开
印　张	7
字　数	175 千字
版　次	2024 年 12 月第 1 版
印　次	2024 年 12 月第 1 次印刷
标准书号	ISBN 978-7-5122-1967-0
定　价	86.00 元

◆ 故事简介

　　故事以张菊花的童年为主线，着重描写了张菊花所生活的时代——20世纪80年代中期；着重描写了张菊花所生活的环境——位于小寨的四合院之家；着重描写了张菊花的好朋友张大荣，其中也着墨邻居及学校的故事。

　　在这个四合院里，住着张菊花父亲的四个兄弟（永国、永泰、永民、永安）。张菊花三位伯伯的家庭成员和外嫁的小姑及学校师生成了作者笔下描摹的对象。

　　如果说四合院是一棵枝繁叶茂的大树，那么生长在四合院的人们则是这棵大树上的枝和叶，人们生活的故事则是脉络的纹理。

　　张菊花在这个四合院里生活、成长、感悟，成长路上的点滴成了作者笔下怀念的一个个故事。

◆ 人物简介

主要人物：

张菊花——身体瘦弱多病，思想活跃的假小子。

次要人物：

张大荣——张菊花的堂兄，与张菊花虽是堂兄妹，感情却胜似亲兄妹。

张桂花——张菊花的姐姐，因在八月出生，故取名张桂花。

张永安——张菊花的父亲，在兄弟中排行第四，普通农民，父亲办过私塾，自己酷爱读书，有胸襟。

牟雪华——张菊花的母亲，普通农民，善解人意，相夫教子，孝敬公婆。

孙莲芳——张永安的母亲，张菊花和张桂花的祖母，牟雪华的婆婆。

绘图：邵清

四合院结构图

自序

  每个人从童年的起点站出发，恋恋不舍地进入青年，磕磕绊绊地奔向壮年，一生要经过百折千磨的未知变数，唯童年的乡土生活，深深地融化进血肉之躯。童年的烙印像生长在心里的一颗良性肉瘤，岁月越久，它越能被触发，越能被清晰地感受到。这就像诗人辛波斯卡在《与回忆共处的艰辛时光》中写的那样：回忆成了老爱旧事重提、翻旧账而且操控欲极强的强势女人，她逼你认错，形同绑架地强迫你只能与她生活在上锁的阴暗房间，你若提出分手，她会露出怜悯的微笑，因为她知道你若离开她会饱受折磨——她已然成为你生活中不可或缺的一部分。

  总的说，我写的这篇，只不过是一种试图写出自己努力人生的练笔。诗人王家新在《语言的质地与光辉》中提到他写的一句诗"雨中的石头长出了青苔"。我很喜欢这句诗，它像一个电影特写镜头一样，大自然中雨的力量是如此之大，它使一个人一瞬间走过百年，使院子中的石头在我们去看它时，已经面目全非。长出了青苔的石头，才是富有历史感的石头。生活也需要时间，只有过去很多年，它的意义才会向我们显露出来。

我们童年时，不自知童年的美好和趣味，一旦到了中老年，成长的美好记忆，就如大自然之雨使原本的光洁之石长出斑驳的年龄印痕。我想这便是作家所谓的带有质地与光辉的晚年。用带有质地和光辉的晚年描述已经步入中晚年，但还印刻在脑际的童年记忆，将会使这种久历年轮的童年之光更有质地与光泽！

小寨是我的故乡，我的父辈们已年过七旬，却始终坚守着他们的伊甸园。他们在那块土地上出生，也将在那块土地上皈依。每当我回到故乡，看到故乡的草木，看到故乡的亲人，听到故乡的鸟鸣，心灵被青山绿水洗礼、被山水田园里的生命感动。刹那间，那些在乡村的童年记忆就立即铺满了琉璃色的天空。诗人海德格尔提出了"诗人的天职是还乡"这个著名论题。我不是诗人，但我一样憧憬"还乡"后的那个诗意般的栖居地。

有句诗"你还要更老一些，老得足以使你看到童年的方向"，还有句诗叫"最初的相遇往往最珍贵"。而现在，当我已经步入中年，我才深感小寨已是我青春的墓园，埋葬了我的童年，仅以此文来祭奠和追忆那经过岁月的沉淀后仍然闪闪发光的点点童趣。

CONTENTS / **目录**

下部

引子

1985年的9月2日这天，是张菊花6岁的生日。过了这个生日，她就要进入学校去读一年级了。

菊花的祖母孙莲芳像往年一样在菊花生日这天用面粉做了两只斑鸠。那是用酵母发好的面条打成结后再做成鸟状的一种面食。斑鸠的眼睛上各镶了一粒红高粱，看起来像真的眼珠一样。斑鸠的背脊两边用梳子压成了羽毛状的齿痕，身子长长的，尾巴扁扁的，嘴喙尖尖的，脑袋圆圆的。菊花和她的姐姐张桂花一人捧着一个蒸煮了的斑鸠，却强忍着酵面发出的香甜之气，怎么也舍不得下口。

父亲张永安把菊花拉到身边，对菊花说："花儿啊，吃了这个斑鸠，你就有了翅膀，有了翅膀的你明天就要飞进学校的大门啦！"

菊花一听到要进学校，心里就忐忑不安起来。学校就在她家旁边，她常常看到学校的操场上有被叶老师罚站晒太阳的学生。想到这儿，她抵触的情绪立马就涌了上来，立即挣脱了父亲的怀抱，跑了出去。母亲牟雪华见了，立即放下手中的活儿跟了出去……

上
部

"请原谅这些爱搞恶作剧的孩子们吧，他们还没有正确的道德观念，也没有分辨美丑善恶的能力。他们往往随心所欲，只凭自己一念之间的欢喜做事。"

初入校门

对于一直没有上过学的大多数小朋友来讲，能够背上书包上学校，那是一件梦寐以求的事。但对于一向疯惯了、玩惯了的菊花来说，那就另当别论了。这就好比一只自由散漫的狗儿突然间就在颈子上被拴上了铁链，就好比上蹿下跳的猫儿被关进了笼子。

菊花昨天刚过了6岁的生日，全家为她上学可是吃尽了苦头。早上吃完饭，家人叫菊花去上学，她就躲在不起眼的角落里不现身。好不容易被家人牵到学校，菊花就是不让家人离校，不然她就嚷着要跟家人回去。或是家人刚转身回家，她也就悄悄地跟回去了。

在开学的前一段时间里，菊花哭是常事。因为家人把她留在学校她就要哭，因为被老师提问她就要哭，因为同学不和她玩她就要哭，因为被人取笑她就要哭，因为被人欺负她更要哭……

菊花爱哭，胆大的学生就总是故意逗她或吓唬她。请原谅这些爱搞恶作剧的孩子们吧，他们还没有正确的道德观念，也没有分辨美丑善恶的能力。他们往往随心所欲，只凭自己一念之间的欢喜做事。他们不懂得这是把自己的欢乐建立在别人的痛苦之上。也许他们觉得菊花就是最好的玩伴，因为有了菊花，他们就有了寻欢作乐的道具。他们完全把菊花当成了没有思想，没有情感的布娃娃了。

正是因为这样，菊花在开学以来，眼角就像学校与操场间的那条经年流水的沟一样，没有干过。

你们有没有发现，一年三百六十五天，不会一直下雨，也不会一直出太阳。菊花也是这样，她没有一直胆小下去，也没有一直被别人欺负着。

这种转变还得从一次学生事件说起。

那是周四的下午，叶老师还在寝室午睡。菊花就被祖母孙莲芳送到了学校。祖母走时给了菊花两颗里面有蓝花的玻璃珠。

菊花因为有了玻璃珠，就没有黏着祖母，独自在教室后面玩起弹珠子的游戏来。

不一会儿，读三年级的张山山来了。他看到菊花一个人在玩，也想同她一起玩。张山山平时最爱捉弄菊花，但孩子的心性是纯洁的、善良的，他们心里不会装着仇恨。自然，两个孩子就玩在一起了。

但是，当上课铃响起的时候，张山山认为菊花的两颗珠子中，至少应该有一颗是属于他的。他听到铃声后，捡起离他最近的一颗珠子就径直往他的教室跑去。

菊花肯定不干了。她的胆小，只不过是因为还没有完全适应学校的环境。为了要回她的珠子，她跟了上去。她不管同学们都已回到座位，就跟到张山山的座位旁。这时张山山已经坐在座位上，装出一副没事人的表情。

菊花站在旁边，脸憋得通红，小声地道："我的珠子，我的珠子！"

张山山装作没听见，菊花就扯住他的胳膊又小声地说道："还我珠子，还我珠子！"

张山山这下不能置之不理了，就用力把手臂一抖，以此想甩开菊花的手，菊花应该是有了防备，张山山竟然没有甩开她。

张山山知道这事情得速战速决，但玻璃珠实在太诱人，他还是准备用武力解决。于是他使出全身的力气去挣脱菊花的束缚。张山山比菊花大 3 岁，他使力气，菊花是要以哭收场的。

俗话说得好，兔子急了还咬人呢。何况菊花不是兔子！在学校之外，在四合院，她可是个刺儿头。她这个刺儿头，有一次在舅舅家里玩，小表弟又被人欺负了，舅舅看到哭哭啼啼的儿子就抱怨说："你有个啥子用吗？天天尽受欺负，打不赢咬，也咬两口嘛。"

舅舅的这句话菊花是记在心里了，但是每当同学欺负她时，她还是下不了口。

如果天要下雨，那就提前得有风；如果要打雷，闪电就在前边走。也就是说一件事情的发生，不是没有原因的，总是在机缘巧合之下，自然而然地就发生了。

菊花那天就是这样，因为她跟张山山为了争一颗玻璃珠子而起了争执，因为起了争执，才有了菊花去抱张山山的胳膊，因为张山山要甩开菊花的胳膊，才有了菊花想起了舅舅教的打不赢，也要咬两口的训言。

在这里还有一个很好的条件，当时张山山是坐在高凳子上的，而菊花是站在他旁边的，在高度上张山山的胳膊正对着菊花的嘴。所以，张山山被咬这事就自然而然地发生了！

菊花应该是把在学校受到的委屈统统发泄出来了。她突然间紧紧地咬住了张山山的胳膊，任凭张山山如何推她扯她，她死活不松口。

四月的天，孩子们只穿着薄薄的一件 T 恤衫，张山山也不例外。张山山先是挣脱，他无论是抓扯菊花的头发，还是拎菊花的膀子，菊花就是不松口，看她的架势是非要把张山山的肉咬下来才肯罢休似的。

在老师的寝室里，叶老师给哭得稀里哗啦的张山山做了简单的包扎。

"谁教你咬人的？"叶老师严厉地批评菊花。

"舅舅教的。"菊花也流着泪水，她流泪是因为她那爱哭的习惯，但在心里她还是觉得自己占了道理，于是她理直气壮地说。

菊花想，舅舅教的，肯定没错。

"为什么咬人？"叶老师又问。

"他抢我玻璃珠。"菊花说。

叶老师看向张山山。张山山脸上的泪水还没有干，一脸无辜地说："她先前送我了一颗，我还陪她玩了半天，送给我了就属于我的，上课时她又问我要。我肯定就不能给她了。"

世上的事情谁也说不清，但是谁也没有想到，菊花的咬人事件发生后，学校里几个胆大的孩子就不再敢去招惹她了。

张山山手臂上的伤的确像一块警示牌，在学校里起到了震慑作用。

绘画：魏友杰

上课摸鱼

　　天才蒙蒙亮，孙莲芳就起床拎孙女桂花的大腿了，她总是喜欢用这样的方式叫大孙女起床。

　　桂花受不了，就闭着眼睛坐在床上，磨磨蹭蹭地摸衣服穿。祖母见桂花动了，就不管她。桂花就这样穿着穿着又倒在床上睡着了。孙莲芳见桂花穿着衣服就没了动静，就又开始拎她的大腿。桂花触痛中，完全醒了过来，不情不愿地抱着衣服下了床。

　　菊花其实也醒了。但她装作还睡得很香的样子。她心里打着小算盘，要待祖母和姐姐都起床了之后自己才起床。

　　菊花听着祖母的脚步声远去，听着姐姐开了厨房的门，心里计算着祖母应该背着背篓去割南瓜叶了。当菊花想到祖母可能已经走到四合院门口时，她就一骨碌从床上爬了起来。

　　稻子一天黄过一天，眼看就要收割了。农民们在稻子快成熟的时候就在田埂上开了沟排水。开始排水的田里，那些手指长的小鲫鱼就往水窝里游，往往是一窝一窝的。菊花昨天放学后帮母亲在稻田边摘南瓜，看到了脚窝里的鱼。当时天快黑了，她怕母亲不让她捉鱼，所以就没有吱声。谁叫她身体总是不好，大人总认为玩水容易感冒，身体出汗了容易感冒，吹了风也容易感冒……反正他们的忌讳可多了，菊花知道大人这些禁令。

菊花悄悄溜到门外，把洗脸盆拿上，一溜烟就往稻田跑。

稻田的鱼在等她。她顺着稻田有水的地方找，总能找到小鱼。整整一个早上，她把小小的身体隐在稻田里，找那些插秧苗时还没被稀泥填满的脚印坑，凡是有水的坑里都用小手摸一下，有的不用摸就能看得见小鱼在里面游动。

太阳从山顶升起来了，先是挂在树梢，然后就对着菊花当头照下。

菊花弓腰在田里不知疲倦地摸鱼，虽然头上艳阳高照，虽然身体裸露部分被稻叶割得发痛，但是捉鱼让她快乐，她乐在其中，所以也就不觉得热。

当她觉得心满意足时，洗脸盆里已有无数条小小的鱼了，这些鱼儿密密麻麻地挤在一起，头向上不停地大口大口地翕动。

她顾不得自己满身的泥污，就端着盆子喜滋滋地回家。

她要走家的后门回去，是要路过学校的。

怎么一个学生都没有？远远地看着空荡荡的操场，菊花想，可能太早了吧。

当她再走近些时，就发现不对劲了——不是没有学生，而是同学们全部在上课了！

菊花不敢通过学校回家了，她连忙端着盆子慌不择路地绕开教室，她要走四合院的前门回家。

刚进四合院的前门，菊花就被二伯张永泰碰见了。

"哈，菊花，你不上学去捉鱼了？"

菊花的脸绯红，既不回答，也不说话，端着盆径自跑回去了。

还好家里没人。菊花长长地舒了一口气。

她在水缸里舀了两瓢水放入盆里，把脸盆放在架子床的下面，就去上学了。

出了后门，从学校后面的窗子偷看到叶老师正在大教室给姐姐桂花所在的五年级学生讲课，她就一溜烟跑进一年级的小教室，坐在位子上装出一副认真看书的样子。

今天教室的气氛与之前有些不一样。准确说是菊花来了之后的气氛与没来之前的气氛不一样。

同桌叶军林一见菊花就掩嘴笑。

菊花瞪他一眼说："笑啥？没见过？"

叶军林边笑边捂嘴，好像是在回答她："是没见过，确实没见过！"

叶军林最终还是没有捂住嘴，哈哈地大笑起来。

菊花成了众人目光的中心，同学们都看着菊花笑了起来。直到叶老师假装干咳了两声，表示他要上课时，同学们才又规规矩矩地拿起了书本。

菊花也埋头看书，书上的字像一个个蠕动的蚂蚁，那些蚂蚁像在打架，扭成一团，她分不开，也理不清。但她不管，老师来了，她就要看蚂蚁打架。

叶老师走到讲台上，向下扫视了一番。

"张菊花，怎么今天迟到了？"

菊花听到老师叫自己，一下子站起来，像凳子上安了弹簧似的。

"我去帮祖母抱南瓜了。"她说得声音有点儿小，但全班同学都能听见。

"哈哈哈……"

"嘻嘻嘻……"

教室里突然炸开了锅。同学们看菊花像看怪物似的。

叶老师也笑了。他笑得有些勉强，但笑意很快就收住了，随之换上的是一副不怒自威、令人不免心里发毛的严肃面孔。

"你家的南瓜是长在水里的？"叶老师提出质问。

菊花哪里知道，在刚刚上课的时候，祖母孙莲芳就到教室来找过菊花，当着全班同学的面对叶老师说菊花一早就跑得无影无踪了。

这不是明摆着撒谎吗！

天大的冤枉呀，菊花不知道这些，所以出了这么大的洋相。早知道祖母来过，她就说帮母亲去抱南瓜好了。菊花后来想。

中午回到家里，姐姐桂花看到菊花就满脸鄙夷。桂花比菊花大4岁，爱卫生。不像菊花，总是把自己弄得脏兮兮的。就拿割草来说吧，桂花割草总是半蹲着，这样她的裤脚上就不会沾泥。而菊花则是坐在地上割，草是割了，但裤子也弄脏了。桂花总是喜欢换衣服，哪怕她的衣服数来数去也就那几件，但她就爱换，脏一点点就换。而菊花从来没有主动换过衣服，都是祖母或母亲找好了，让她换才换。

当桂花看到满身满脚是泥污的菊花时，心里就有说不出的讨厌。还是祖母把菊花拉到怀里用指甲替她刮去脸上、头发上的泥痂："花猫子耶，你又去偷哪家的鸡来的？"

"鱼，是鱼！"菊花兴奋地说。

菊花从祖母的怀里挣脱出来，屁颠屁颠地把床下的鱼盆子端出来："看，鱼！"

"没吃早饭饿了吧？"祖母明显对鱼不感兴趣。

"我晚上要吃鱼。"菊花说。

"叫你妈给你弄。"祖母接着说，"太小了，我收拾不好。"

菊花看到换下的衣服，才想起同学笑她和老师问她南瓜是不是长在水里的情景来，她开始后悔当时有点顾头不顾脚。

上午的尴尬一到下午就没影了。就像水泡泡一样，破了就什么都没有了。菊花念念不忘的是晚上可以吃鱼。叶老师还在布置晚上的作业时，菊花就收拾好了书包准备往回跑了。

菊花哭了，她的鱼被父亲张永安倒进粪塘里去了。她趴在粪塘边哭着用粪舀子舀粪水，那么多的鱼，竟一条也舀不到。

那天晚上，她讨厌父亲，从来都没有那样强烈地讨厌过！她就坐在粪塘边，不肯回去，蚊子咬她也不管，粪臭她也不怕，反正这个季节到哪儿都是这样一股粪味儿。就是在四合院里，也是这样一股浓浓的味道。

这些天的四合院中间，堆起了五座小山，这些小山是用麦秆、牛粪堆起来的，是用来种蘑菇的养料。前几天晚上，祖母想让菊花跟她母亲牟雪华睡觉，菊花不肯。祖母就围着小山似的粪堆绕圈子，想以此避开菊花。菊花却固执地在圈子里找祖母，反正找不到她就不睡觉。

菊花不跟母亲睡觉不是因为她不爱母亲，而是这段时间，母亲总是不下床，像是生病了。母亲的房间总有一股很特别的味道，这是一种奶香的味道。菊花觉得这味道很怪。直到有一天，她明白了这味道是从哪里来的。

那天中午，她透过麻布蚊罩，看到母亲正露出两个胀鼓鼓的奶子往瓷盅里挤奶。她觉得好羞羞，就偷偷地退出来了。可是没过几分钟，就听到母亲在房间里喊她："菊花，你来一下。"

菊花来到充满嫩玉米汁味的房间，母亲把瓷盅递给她说："你把这个喝了。"

菊花端着瓷盅，看着里面像淘米水一样白白的液体，她就明白了这些天屋里的这种怪味儿是从哪里发出来的了。

菊花明知故问："这是啥子？"

"你喝嘛，好喝，营养。"

菊花任母亲说好说歹，就是不喝，打死都不喝！

从那以后，她就开始躲开母亲了。每次要到母亲的房间，她都要放轻脚步，偷偷地瞄一眼，看母亲是坐在床上的还是睡着了，如果是坐在床上的，她就悄悄地退出来。

这天晚上，菊花在粪塘边哭累了，哭睡了，还是他父亲张永安把她抱到祖母的床上去的。

绘画：邵清

哭是武器

　　暮色下的四合院里静悄悄的。菊花放学后搬了一把椅子放在院坝里做作业。她今天的作业就是用小木棍做几道算术加减题，她的书包里有一大把手指长的木棍儿，班上的同学几乎每人都有这样的木棍儿，但是她觉得自己的木棍儿最好看，因为她的每根木棍儿都被父亲用刀刮得圆滑，不像其他同学的木棍儿，看起来毛毛糙糙的。她要赶在天黑前把作业做完。家里是不会给她提供煤油灯让她晚上做作业的。

　　菊花认真地赶完作业，发现整个院子空荡荡的，她唤了几声大白狗儿，大白没有回应她，她又开始唤的颂狗儿，的颂也没有回应她。她怏怏地跑去找张大荣玩，张大荣不在家。回到家，家里还是没有人。她就拿出平时跟张大荣玩得老旧老旧的扑克独自玩起开火车的游戏来。

　　天愈来愈黑，菊花感觉头顶漆黑的幕布越压越低，实在玩不下去了。菊花收起扑克，此时她的肚子已在咕咕叫了。她到厨房去找东西吃，找了半天，厨房里什么都没有。她想摸火柴把油灯点亮，可是在平时放火柴的地方，空空如也，什么也没有。

　　菊花一个人面对偌大而空旷的四合院，心里就开始发慌了。

随着时间的推移，她的恐惧就更深。终于，一只黑蝙蝠从她身旁俯冲而过，她吓得哭起来了。

菊花坐在门槛上抽抽啼啼地哭，头脑里闪现出各种妖魔鬼怪把所有人摄走的情景，世界上只剩下她一个人。突然间，她觉得好可怕，好恐怖。

此时的菊花，虽然在家里，但家不能给她安全的感觉。此时，她好像明白了一个道理，有爸爸妈妈在的家，那才叫家。

爸爸妈妈，爸爸妈妈，我的爸爸妈妈呢？一想到这儿，菊花哭得更加伤心了，哭声也更加大了，好像这哭声是为自己壮胆似的。此刻，除了哭，她没有其他武器。哭累了，音量就小了些。一想到从此以后，就再也没有爸爸妈妈，没有祖母，她的悲伤又涌起来了。这会儿，就算是姐姐张桂花出现在她的面前，她也会非常高兴的，哪怕平时她总喜欢与姐姐抬杠。她就这样边想边哭，边哭边想。

此时的月亮像被她平时啃过的饼子一样，中间包馅儿的地方都没有了，只剩下一个像香蕉一样的弯月，而且这弯月也显得阴暗混浊，它周边的星星黯淡无光，整个天空被死气沉沉的黑色笼罩着。这一切的一切都给菊花的心里增添了无上的恐惧。

菊花哭累了，就趴在门槛上，她不敢进没有灯光的屋子，举步维艰。她在同自己较量，驱赶心灵上的魔鬼。

不知过了多久，一束鬼火忽闪忽闪地出现在四合院门口，把好不容易闭口的菊花又吓哭了。这次的哭如大海里的浪潮，可比前一场的声势更大了。

"菊花，你娃子在哭啥？"一个如闷雷般的声音从四合院入口处传来。菊花听出了是大伯家大文哥的声音。

原来，菊花所看到的鬼火是大文哥嘴里抽着的旱烟。

大文哥膀大腰圆，粗眉粗嗓。每当菊花看到大文哥对她瞪眼就感觉利刃掏心，对她一吼叫似雷霆怒火烧身。在大文哥的一吼一瞪之下，菊花的身子就会不由自主地像筛糠一样颤抖。而这位好事的大文哥，还总是喜欢把快乐建立在别人的痛苦之上，以吓唬菊花为乐。

大文哥不仅自己去吓唬菊花，还有几次故意放鹅鸭去啄菊花。两只鹅鸭狗仗人势般把菊花赶得满院子跑，而大文哥就这样热衷于把自己的快乐建立在别人的痛苦之上。所以平时菊花见到大文哥就躲，何况此时！

在如此绝望之际，独自面对大文哥，与独自面对头脑里的魔鬼一样可怕。听到大文哥这一问，菊花就更不敢回答了，只有拿出哭的武器面对了，所以她哭得更凶了。

大文哥放下手中的农具，走到菊花面前，又问："菊花，问你哭啥子呢？"

菊花看着"魔鬼"一步步逼近，她一浪高过一浪地撕心裂肺地大哭特哭了。

大文哥连问了几遍，菊花的回答除了哭还是哭。

大文哥终于生气了，把菊花拉起来，像提小鸡一样，提起菊花的两只脚，使菊花像根倒栽葱似的。

"看你还哭不哭！"大文哥像是跟菊花杠上了。

"鸭子，坏鸭子，鸭子，坏鸭子……"大文哥的小名叫鸭子。菊花连哭带嚷地大吼大叫，并无半点收口或妥协的意思。

大文哥本意是叫菊花不哭，或者是吓唬她不要哭，结果适得其反，只好放下菊花任由她了。

大文哥刚走，张大荣手持马灯从黑幕中窜了出来。菊花看到救星就不哭了。

张大荣把菊花带到坡上的稻田里，告诉她明天要下雨，人们得及时把晒干的谷草架起来，不然淋坏了稻草，到了冬天牛就没有过冬的干草了。

原来全家人都在稻田里架起马灯收谷草。姐姐和祖母则把谷草往父亲架草垛的地方拖。母亲在一旁给父亲递谷草。

祖母看到菊花哭得又红又肿的眼睛，心疼地抱起菊花："你平时不是胆大吗？今天怎么怂了？"

菊花一想到开始被大文哥欺负，就又委屈地哭起来。

祖母连忙哄她。那晚，她可能是哭累了的缘故，在家人草垛还没架完的时候，就在青蛙的鼓声、蛐蛐的聒噪声中倒在草垛旁睡着了。

背书帮腔

　　"飞天猴"叶军林被当他老师的父亲用谷草绳绑着手坐在板凳上。他的两手并拢夹在课桌的支柱上。他的两只眼睛看上去挺精神的，像是集中精力在听他父亲也是他的老师讲课似的。实际上，他的眼里只看到他父亲那一张一合的嘴，就像上岸的鱼一样，嘴不停地张呀闭呀，至于从嘴里吐出什么音符，他压根就没听到，他也不愿听到。

　　他的心早就飞到操场上去了。今天操场上的沙坑该他们一年级玩了，他想着一下课，就要第一个抢在大军娃子和大荣娃子的前面。一想到这儿，他的手在课桌下更不安分了。他想把绳子解开，他的屁股在板凳上蹭来蹭去，这些小动作只有等他父亲把脸转过去在黑板上写字时才能做，他得把握好这个节奏。

　　叶军林蹭板凳，坐在一条长板凳上的菊花不干了。她不时瞪叶军林一眼，叶军林假装看黑板，不理她。

　　他俩可是冤大头。今天叶军林被罚，还是菊花告的状呢。这事还得从昨天的一节课说起。

　　叶老师在黑板上写字，菊花埋着头从衣服兜里拿出一颗红颜色的水果糖，剥糖的时候，糖衣发出像老鼠出来偷食的那种细微的窸窣声。

叶军林的眼睛，猫的眼睛；叶军林的嗅觉，猫的嗅觉。就在菊花把糖往嘴里送的时候，课桌底下——她的胸前斜出一只手来："给我一颗，不然我要告状。"

菊花瞪了他一眼，把送到嘴边的糖立即放进包里，这下连糖纸都没有包，她是怕叶军林告状。

叶军林最终还是告状了，菊花上课没吃成糖，反而被罚了站，被同学笑话了，她强忍住泪花，心里埋下了报复的种子。

刚才课上，叶军林不专心听课，埋着头玩一叠烟盒纸，这下可让菊花逮着了。她理直气壮地告了状。看到叶军林被罚，她的心里别提有多开心了。

"你是小人！"叶军林说。

"我是女人！"菊花答。

黑板前，叶老师的嘴还在一张一合。几声清脆的鸟叫声传来，孩子们的魂就被摄走了。有的直接把头望向窗外，有的虽然没有望，但是心也跟着飞出去了。

叶老师把竹板子使劲地在课桌上敲了几下，吓得正出神的菊花抖了几下，像是板子打在她身上似的。

板子一响，飞出去的魂儿又齐刷刷地飞回来了。

教室里，除了几个成绩好的学生和另外几个多读了一学期的学生外，其他的学生大都很木讷，从他们低头装作认真看书的样子就可以判断出，他们正在心里默祷，老师千万别抽自己起来答问题。

这是一所远离镇远离村的偏僻小学，贯行的还是清朝末年的复式教学。来这里上学的，除本村两个生产小队的子女外，偶尔也有邻村的孩子。学校位于两个生产小队中间，常年只有一位老师任教。本来可以设六个年级六个班，但是这年人数太少，就只有三个班了：一年级、三年级、五年级。六年级几乎没人报名，因为六年级的学生大些了，就到村小或镇小去读书，也是为了能更好地升入初中。所以，也就没有六年级这个班了。教室只有三间，一间特大的，两间小一些的。其中最小的一间分成两间，一间是老师的厨房，一间是老师的寝室。另一间给一年级同学上课，三、五年级就在大教室里。大教室两边各有两张黑板，五年级的学生坐在里面，三年级的学生与五年级的学生背对背坐在外面。

应该特别讲一讲，为什么只有一、三、五年级，而没有二、四、六年级。六年级的原因我在前面已经讲了，就讲二、四年级吧。这个问题说来简单，实则讲起来很复杂，但是我只要举一个例子，大家就会明白了。

比如有一年，一年级升到二年级的学生本来有十几个人，可是一到报名的时候，只有寥寥几个学生来报名。原来，有些家庭把子女寄放到乡镇上亲戚家去读书了，还有些家里子女多，觉得干农活可以搭把手，就不让其读书。在人数太少的情况下，老师就把上升到二年级或四年级的学生又降到一年级或三年级。下一年的班里，二年级或四年级的班就凑得像模像样了。我说的这个像模像样，并不是今天的六十人一个班，在这里，两位数以上，一个班就成了。

教室里热闹起来了。孩子们正挤到讲课台前，背诵老师刚讲的古诗，"床前明月光……"背诵完了的同学，就欢天喜地出教室。背诵不了的，就像霜打的茄子似的无精打采，有一句没一句地继续背。

留级的几个学生和成绩好的几个学生都率先挤到叶老师跟

前排起了队，有的学生一边排队一边看书，而有的学生就想，反正背不了，就干脆不背，坐在座位上看电影般把这人看看，那人瞧瞧。

在这些排队背书的同学里面，就有特别奇葩的张菊花。张菊花可机灵了，她是个爱动脑筋的主儿。但是，她的小智慧非但没有用在学习上，反而用它来应付叶老师了，或是如何在大人面前取巧。就拿这背书来说吧。她也会认真地读上几遍，但离能背诵就差远了。但她总能把握好机会，顺利过关。

看看，她正在背书呢。

只见她低着头，站在叶老师面前。刚把"床前明月光"背了，就记不住下一句了，但没关系，她不会像其他学生记不住时，脸一红，把书从叶老师的手中或课桌上抽回来又读。她要等，等叶老师给她提示。叶老师终于等得不耐烦了，就给她提示一句："疑是地上霜。"

"疑是地上霜，疑是地上霜，疑是地上霜……"菊花一遍又一遍地嘟哝着，突然听到同学张大荣的声音传来："举头望明月，低头思故乡。"

菊花在叶老师面前顺利过了关，这多亏了张大荣的救场，菊花知道张大荣是故意坐在座位上装出大声读书的样子，其实就是读给她听的。假如张大荣没有给她提示，只要叶老师不把书摔给她，叶老师就会给她提示。她也有机会过关的。这是她发现的小秘密。叶老师偶尔会把书摔给她，让她下去好好读，但是相比起来，摔给她书的情况是极为少数的。

叶军林眼巴巴地看着已经背完书的同学，一个又一个的像打了胜仗的公鸡样雄赳赳兴冲冲地跑出教室，想着那个跳远的沙坑，心里如猫抓一样难受。

　　叶老师说的跟做的不一样。开始时，他严肃地对同学们说，必须要把诗背了才准出教室。这不，几个人才背完，他就站起来说："去吧，去吧，都去玩吧。"

　　之前看书的，看"电影"的，耷拉着脑袋的同学，一听到老师的话，立马精神来了，"哦"的一声，像一窝炸开的马蜂，呼啦一下飞开了。

　　"爸。"叶军林看着越走越近的叶老师，怯怯地喊了一声。

　　叶老师之前的慈祥面容立马变得严肃起来："上课还搞小动作不？"

　　叶军林获得了解放，在他父亲恨铁不成钢的目光下，顾不上被捆得麻木的手，规规矩矩地走出教室的门，才一转身，就撒开腿冲到沙坑边排队去了。

　　叶老师叹一口气，把绳子收回了寝室。绳子是农家买猪仔时用的，买回来关在圈里就不用绳子了，他捡来专为捆他儿子那爱动的手。

　　叶老师觉得儿子比其他学生都好动，怀疑他有多动症，悄悄找医生为儿子检查过。医生说身体没问题，只是精力太充沛了。

　　捆过猪的绳子成了"飞天猴"的专用罚具，其他学生"享受"不到。

炊烟人家

叶老师今天撞大运了。上节课被自己的儿子气了一场，这节课又被张大军气得哭笑不得。其实这事吧，也不全怪张大军。

上课没几分钟，叶老师就发现张大军坐在位子上不老实。老师看他一眼，他就老实了。但一转眼，他的屁股又在板凳上蹭来蹭去。当叶老师再看他时，他就举起了手说："老师，我要上厕所。"

叶老师瞪他一眼，说："一上课你就上厕所，懒牛懒马屎尿多，你给我站到后排去！"

张大军站到教室的后排，叶老师拿起粉笔把课文里的生字和拼音写在黑板上。

"噗噗噗……"

从教室的后面传来一通车胎漏气的声音。随着声音的传来，一股臭味在整个教室弥漫开来。

叶老师向后排望去："噫，张大军呢？"

带着疑惑的目光，他向教室的后排走去，后排的几个孩子"哧哧哧"地笑了起来，还有几个皱着眉头把鼻子捂得紧紧的。前排的学生也都不明所以地转过身向后排望去。

叶老师走到后排一看，脸绿了，头大了。张大军蹲在后排拉了一摊黄汤，一看就是吃坏了肚子拉的。

张大军憋得泪花晶莹，一脸无辜，他也不想，是老师不准他去上厕所的。

叶老师当即就让学生下课，自个儿到张菊花家铲了半铲草木灰，把地上的黄汤收拾了。

张大军的这一出，着实给叶老师将了一军。

孩子们回家和家人说了。他们的父母在干农活时又多了共同的笑料。在这个偏远的、信息不灵通的小山村，面朝黄土背朝天的农民们是需要这些笑料来娱乐枯燥的生活的。

人们活儿干累了时，要么就拄着锄头把，要么就坐在田埂上摆龙门阵，讲新老故事，或者聚在一起谈历史，谈荤段子。男人们则抽自家种的土烟。这个烟不用花钱买，实惠。谁要是有一包香烟，就得拿出来同大家分享，如果不想拿出来分享，那就最好别带在身上。被人瞧见了，不管主人愿不愿意，都要被别人搜刮出来。

女人在一起时，就像春天的鸟儿，叽叽喳喳，家长里短，见缝插针。今天她说某某像个妖精，天天涂脂抹粉的；明天她说看见某某常在某某家里出入，说话的语气不对，走路的姿势不对，看人的眼色不对，就连呼出的空气也不对；上午她对她说，某家的饭里有米虫，某家的醋里有摆脑壳虫；下午她又跟别人讨论上午跟她在一起的伙伴，说她不地道，不大气……

其实，我应该接着说说这里的女人。

但是，在说女人之前，我要特别说说这里的先祖们。

这里的地名叫小寨。张姓是这里最多的一个姓。听说是当年湖广四川过来的。这里的张姓都是一个老祖宗的后代，说小了就是一家人，说大了里里外外都是亲戚。

那就让我简单地梳理一下根源吧。

这里的张姓起源于陕西南郑。听老一辈说，明朝的李自成在四川大屠杀之后，就把人口密集的陕西人移到这里。当时的巴蜀大地，穷乡僻壤，不毛之地，被当时朝廷称为边瘴之地。之前的唐朝太子李贤就被中国历史上第一个女皇帝贬到巴蜀章怀山。

既然知道是边瘴之地，肯定是没人愿意去的。但朝廷从长远考虑后作出的决定哪里由得底层人民愿不愿意。人人身不由己，几十人被链子串成一串，前后相押。押到巴蜀地界，一个地方放若干人，派兵封住关卡，由其自生自灭。换一个地方再放若干人。

先祖们被押到这荒芜的土地上，寻找适合生存的环境，如果感到满意，就用一块木牌或石块或树木为界，上面写上某某某的名字，就表示这是"名地有主"了。

经过了一代又一代。先祖们发现自己生存的地方猴子太多，种的粮食不是被它们吃了，就是被它们糟踏了。一次无意中，一位先祖发现对面山上林木茂盛，没有人烟。在一个山凹里，隐约有几间茅草屋。他常常下意识地去观察那里，茅草屋终日没有炊烟。一天，他决定带上几个身强力壮的同伴到对面山上去探险。

对面山上的茅草屋，终年失修，已溃败得不成样子，想是主人早年惨遭灭门或全部相携逃难而去，又或在他乡安家生根了。茅屋周围是成片成片的野樱桃树，先祖们来勘查的日子正值樱桃成熟的四月。他们去摘食樱桃，树上的鸟雀像是被驯化的宠物一般，并没有惊飞而去，而是仍然停在树枝上唱歌，先祖们认为这是好的吉兆。后来，他们在山上没有发现人的痕迹，并且发现这里的环境不仅优美，而且水源也丰富。

领头的先祖说："此地寨子虽小，却后有靠山，前有胎气接待，气韵贯穿，在这有山有水有平地作田畴的地方，是非常适宜长期居住和繁衍子孙后代的。"

于是，先祖们把发现的这处新大陆取名为"小寨"。先祖们经过考察后决定，搬到小寨来安家。

一位有智慧的先祖说："愿我们的后辈如这樱桃一般繁荣。"

"愿我们的后辈如这鸟雀一般和谐。"另一位先祖赞同地附和。

回到家后，先祖们的意见不统一，有些愿意搬，有些不愿意搬。愿意搬的，就跟着发现小寨的先祖们搬出来了。

搬到小寨的先祖们就在原先的茅草屋地基上用勤劳的双手搭建起房子。自此，袅袅炊烟在小寨的上空升起。后来随着人口的增多，他们就在原来房子的外围一间一间地加大房屋的面积。这座房子年复一年地修缮，年复一年地增加，就成了张姓现在的老屋。他们努力开垦山林，把山林变成良田。变成了今天山林与良田交织的美好家园。

又听说这里的张姓并不是真姓张，原姓吴。

这又是一个历史久远的故事，我想既然是故事，那就有待考证的。

据说先祖们在对面山上安定下来后，也要同周边的外姓交往、联姻。据说，一位先人在一次回娘家时，刚满月的独生儿子被狼拖走了。媳妇不敢回来交代，就把兄嫂的孩子拿来顶替。所以说这里的张并非先祖的张。

唉！管他姓吴还是姓张，不都是名字吗？每样东西都有一个名字，只要不是所有的东西都是一个名字，只要把每样东西用不同名字分开就行，管他呢。

这些可敬的祖先中有很多了不起的人物。

有一位祖先身材魁梧，力大无穷，曾经在白莲教来扰乱地方居民时，为救家族中人，只身入险，同白莲教搏斗，英勇死于与白莲教的战斗中。

有一位祖先，靠打长工，赢得了主人的敬重。主人待他同吃同住，最后还把侄女许配给他。听说他们结婚后，只回了一次娘家，为啥呢？原来是春节间，他携妻子回娘家时，没有像样的衣服穿，就借了一身衣服，一顶帽子。家中的娘舅看不起他，于是就捉弄他，对他说："你这个帽子好是好，就是少了一样东西。"

他诚朴地问："啥东西？"

对方笑着说："顶子。"

此话一出，在场的人无不捧腹大笑。

旁边兄弟竟然帮着拿出一根红萝卜别在他的帽顶上。他憨笑着，既不取掉，也不生气。媳妇见了，满腹委屈，自此后不再回娘家，一心相夫教子。其儿子们后来存志努力，终于人人飞黄腾达。

但他们万万没有想到的是，当日的高帽子最多只是让亲人取笑或者罚酒。在若干年后"斗地主"的大会上，轮到菊花他爹这一辈戴高帽时，那可是要敲锣打鼓，游街示众，或是要搞批斗的。

"春水喧哗，那是后来的事。"还是先说祖先。

有一位祖先，大智若愚。被父母兄弟赶出来，分了极差的房屋，得了最荒芜的土地。为了能生活富裕，他白天给富人干活，晚上也不闲着。到自家的柴山去开垦土地，结果天佑好人，他垦地发现地下的银子无数。人们传说他一个人悄悄背了三个晚上，才把所有的银子运回了家。想想吧，一个大男人背三个晚上的银子。

啧啧！那白花花的银子一定比太阳还耀眼吧，会不会那位祖先自此后晚上就不用点灯了？

祖先一下子由佃农变成了地主。他用一些银子置换了大片大片的良田，每天满怀希望地看到绿油油的庄稼地在眼前铺展开去。他也开始请长工，但仍然同长工们一起劳作，至死都穿着一件像油炸的棉布裰子。

后来，他又用银子置了新房，娶了新娘。为了不给后人留下负担，就在生前为自己买好坟地。这又是一个辉煌的传说，听说他买坟地的时候，先是杀猪宰羊，把来收银子的人宴请了三天。在对方的一再要求下，才把垫席打开，从仓里一筐一筐地往外运银子，请卖家自己挑选。然后请了三十几杆长枪护送，六个挑夫挑运。现在的张氏后辈，一旦讲起那个场景，一旦想起那个场景，立即就像吃了兴奋剂一样，两眼放光，面色也变得红润起来，就好像自己亲身经历过一样。

祖先们的故事很多。知道的有限，还是说近点儿的吧。菊花爷爷的爷爷就是这位捡银子的祖先，当然，他也是这里张姓的祖先。

菊花爷爷的几个堂兄弟可是富二代啊！好在家里都有娴良的女后盾，教得后人们知书识礼。到分家时，小寨由原来的一位地主一下子变成了五位地主。这些新地主家家屯田买地，建新宅，安新家。

每个兄弟都修一座四合院。正面自己住，左右两面给子女住，下面是猪牛圈和下人们住的屋子。

每个四合院都有故事，就主要写近些的。

张永安——菊花她爹，是四兄弟中最小的，他理所当然地住在父母留给他的养老房里——也就是带堂屋的正面。兄弟四人中，只有张永安受父亲的影响，喜欢读书，他的肚子里装着许多从书中读来的故事，他尤其喜欢看《老黄历》《易经》，常常帮众乡邻算黄道吉日。他身上一旦有点儿闲钱，就要拿到街上收破烂的李老汉那里去淘旧书回来。他所住的房屋正面有三间，一间是堂屋，一间是母亲和两个女儿的卧室，一间是他和妻子的卧室。侧面的一间是厨房，厨房的后门正通教室的后门。

张永安生了两个女儿，可能是他妻子牟雪华喜欢花儿，大女儿八月出生的，牟雪华就给她取名为桂花。小女儿九月出生的，做母亲的就给她取名为菊花。但乡下人喜欢把娃儿的名字叫得粗俗些，有一种说法是叫得越粗俗的娃儿越好带。于是什么狗啊猫啊石头啊之类的叫法在乡下就如吃饭穿衣一样普通。可幸桂花、菊花没那类俗名，无论叫着听着都感觉亲切自然和谐。

教室是菊花的祖爷当年办的私塾，凭它紧靠在四合院旁边你就能想象出它的坐落是多么合理。

四合院里住着张永安三个成了家的亲兄弟，以及后辈子孙。

以菊花住的房屋为坐标，左手边依次是菊花的大伯张永国、三伯张永民。紧邻张永国家的就是菊花家，菊花家的下面就是二伯张永泰家。"国泰民安"，这是那个曾经办私塾的祖爷给四个儿子取的名字，也是他最诚挚的愿望。

在这座院子里，最大的孙子跟最小的儿子年龄不相上下。这就是人口没有实行计划生育年代里的一种普遍尴尬现象。

大伯张永国家的两个儿子都已结婚，大儿子叫张大成，张大成生的大儿子叫张山山，小儿子叫张小昆；二儿子叫张大文，生了一个女儿叫张梦梦；张山山读三年级，大菊花整整 3 岁；张梦梦和张小昆小菊花 4 岁，刚刚学会走路。他们虽然与菊花年龄不相上下，但菊花在辈分上却长了他们一辈，这就像张大成与菊花父亲张永安的关系一样，张大成的年龄明显比张永安的年龄大，但按起辈分来，年龄大的张大成还得管张永安叫四伯。

儿子结婚要修新房，张永国就在他家厨房后面开了一扇后门，在后门外面又加修了五间二转的房子，大儿子三间，二儿子三间，堂屋公用。张永国的用意是好的，两兄弟合住在一个院子里，就像两兄弟曾经都是在一个子宫里住过一样。所谓打架离不得亲兄弟，上阵离不开父子兵。他希望他的儿子也如房子一样，紧密地团结在一起。

二伯张永泰是军人，没有结婚生子。15 岁时就参了军，21 岁时退役，他上战场被炮弹炸废了一条手臂，领了抚恤金在家。他家斑驳的墙壁上挂着"优秀军人""剿匪大英雄"等荣誉证书。无论是四合院里办喜事，还是要出门去吃喜酒，他总是穿一身干净整洁的旧军装，胸前别着毛主席像章，别着荣誉绶带。他的家里共有三口人，这是一个特殊的家庭，家里除了他，还有一位老人和一个小孩。

老人与小孩跟张永泰没有任何的血缘关系。他们是张永泰打仗时光荣牺牲的战友留下的亲人。四合院的人都管老人叫陈婆婆，陈婆婆的眼睛有病，视物不清，她被张永泰接到四合院来后，仍然不愿意闲着，总是干些力所能及的事情。小孩叫张大军，四合院的人都叫他大军娃子。大军娃子管陈婆婆叫"奶奶"，管张永泰叫"爸爸"，陈婆婆与张永泰不叫张大军的名字，而是像其他人一样叫他大军娃子。

　　三伯张永民家有一儿一女，儿子叫张大荣，大菊花半岁，是菊花最好的玩伴。张大荣总喜欢在菊花的面前以哥哥自居，认为哥哥应该保护妹妹，所以处处总是让着菊花、护着菊花。女儿叫秀莲，跟桂花同龄，是桂花最好的闺蜜。

爷爷的故事

听老一辈说，菊花这一代所住的四合院，已经做了很大的改动。之前的四合院，只有左右两边有两个出口，但这两个出口分别就有五道门，如果要进入到菊花她们住的正屋来，那就得穿过至少五道门槛。

听说之前有一位长工，他的身材不是很高，但他既然端了主人家的碗，就得听从主人家的吩咐，完成每天的挑水、打柴等一系列杂事。

那时人们还不懂得利用地下水，只得到很远的地方去挑水。由于这位长工身材矮小，吃力地挑着桶要迈过五道门槛，无论他怎样努力，那挑水的桶都要在门槛上碰一下，随即就有桶里的水荡了出来。等他迈过五道关，终于把水挑到水缸时，桶里的水也就洒去一半了。

这是整座四合院一辈一辈都延续下来的笑话，也因为这个笑话，四合院每一辈人中都有一位出来献身作示范，大伯母之上，就是菊花的祖母，大伯母之下，当然就是菊花了。这三辈人，常常在过楼门子时，故意做出一副挑着水踮着脚迈不过那道门槛的样子，惹得他们的观众都心知肚明地笑。也正是因为这个笑话，那位善良勤劳的长工就活在了这些人的心中。他超额完成人生中神圣的使命，不但在菊花祖辈中付出了辛苦的劳动，流下了勤劳的汗水，而且还愉悦了四合院后辈人的精神生活，使那些在茶余饭后能得到休憩的人精神放松，以便好使他们更加卖力地投入到生活中去。

到菊花父亲这一代，地主就是贬义词了，它只是过去的一个甜蜜的梦而已，或是一个文学意义上的修辞而已。

中华人民共和国成立之初，毛主席的一把星星之火，燎原了整个中国。打土豪分田地，天下太平，使流离失所的人有了家，使饱受饥荒的人有了赖以生存的土地。

听老一辈的人说，当时的祖先地主们还是很识大体的，除了私下藏了些家私，还是主动把家产和田地分了出去，终是没有受到政治的处罚。

说完菊花父亲这辈，还要说说菊花他爷。

菊花的四个爷爷都去了西天。他爷排行老二。听人说大爷来这里安家后，有一次外出迷了路，却遇到一群燕子，那群燕子不但不怕人，反而还给他带路，把他带到一处地形极好的地方去了。大爷认为那是得到神的指引，觉得那是理想中的风水宝地，于是回到小寨后就把他那一系的子孙全部搬迁了过去，那个地名也被大爷取名燕子岩。每到春节前后，大爷的子孙们就要回到小寨来祭祖、过节。但凡张氏家族里有红白喜事，大爷的子孙们与张氏老宅的族人都要互通往来。

菊花没有见过爷爷，但她知道，她的爷爷是个英雄，只是在人生的路上需要选择时，站错了队。

菊花听说，他的爷爷曾经跟一些志同道合的朋友歃血起誓，加入一个什么团体，倡导并投入到一些他们认为应该为之献身的光荣事业中。其实他所执着的事业，是不被家人认可的，但他就有那种一旦认定的事儿，用九头牛也拉不回的性格。祖母及亲友无数次地告诫他，他总是不把亲人善意的劝导放在心上。

菊花不知道爷爷曾经干过什么轰轰烈烈的事，但她从《桃园三结义》和《水浒传》中能更深地体会到歃血为盟的深刻意义，想到跟爷爷一同起誓的朋友们一定也会有刘、关、张那样的深情厚谊，也会有一百单八将的豪情壮志！

三爷当年不学无术，常常干一些偷鸡摸狗之事。结果被人当众抓了现形，觉得无颜再见亲人面，羞愧难当之下，投河自尽了。

四爷是个老江湖，能说会道，常年走南闯北。他之前极少回家，后来就杳无音信了。有小道消息说，蒋介石失势后，他就跟着蒋介石跑到台湾去了。具体是真是假，就不得而知了。

人畜无害的女人

古代祖先们狩猎生存时留下来的习惯，聚在一起有安全感。菊花的几个爷爷——张姓的祖先就这样先后在小寨盖起了自己的四合院，共同将祖宗造人使命传承广大。以至到现在小寨的人，几乎都是张姓的后裔。

人多了，思想就丰富了。女人们在一起就有话题聊了，整天东家长西家短的。妯娌间、姐妹间、婆媳间的新闻层出不穷。那时没有手机，没有喇叭，但要是今天东家发生点新鲜事，包管要不了一天，几乎家喻户晓。

女人就是最好的传话筒。

终于谈到女人了。

这里的女人也分为几派。凡是成家后被分了家的，每家每户都喂有猪牛，都要煮饭。所以，每一天，女人除了做完家务，不是去割猪草就是去捡柴，或是结伴去堰塘洗衣。

每到要出坡的时候，有趣的现象就出现了。一群女人走东面，一群女人走西面。或者一群上山，一群下河。这些群体几乎都是固定的人，其中也有今天跟这个群体，明天跟那个群体的。但是这些人心里总有些顾忌，她跟这个群体时生怕那个群体看到，她跟那个群体时又生怕被这个群体看到。当然，也有个别现象，那就是谁也不跟的，她们是孤独的一类，被许多人不理解、不认可的一类。

这些女人们有的是面和里不和，有的从骨子里就敌对，有的则是一副人畜无害的模样。

人畜无害这词听起来很舒服，很多人一定会把它归到善良一类。这就对了！她们是善良的，但不要认为她们是善良的，就会受到上天的庇佑，会生活甜美、幸福。如果要这样想，那就大错特错了。

比如菊花大伯为二儿子张大文娶的媳妇就属善良这类。

媳妇的娘家在镇上，可算是商贾之家。父亲在镇子上开小卖部，兄弟们合伙经营一辆解放牌拖拉机。她排行最末，上有三个哥哥，在家犹如掌上明珠般被宠着爱着。她人长得不算漂亮但也不丑。但是她患有羊癫疯。这病它来时从不跟主人商量，不管主人在水田里还是旱地上，不管主人在家里还是在外面。来时就如一个闷雷突然把人击倒在地，又像把人放到冰窖里一样，冷得全身缩成一团。此病发作时病人就不住地打摆子，嘴里还流出又长又黏的唾液，唾液流得满脸满身，就像过年杀猪时猪嘴里流出来的哈喇子一样。只要一想到猪，不用猜那唾液也是臭的。

菊花大伯给他二儿子提亲时，是不知道对方有这病的，他们是吃了哑巴亏有苦说不出。就如人们经常讲的故事，男子身材矮小的相亲时就骑在马背上，女子是塌鼻梁的相亲时就抱一束花放在鼻子上嗅，以此来掩饰他们的缺点。

好在这病也不是天天发作，总是隔上一段时间才发作一次。有时候她煮饭煮着煮着就倒地抽搐了，有时候她喂猪喂着喂着就倒地打摆子了……

刚开始遇到她发病，家人总是把她抱到床上，掰开她的嘴，拿硬东西横着卡在嘴里，怕她咬到自己的舌头。平时家人们也是好言安慰，四处访医，八方求神，更是找了无数土方子。

俗话说得好，家丑不外扬，接了有病的媳妇回来多没有面子。刚开始的时候，家里总是遮遮掩掩，当媳妇在外倒了几次后，整个小寨是无人不知，无人不晓了。

久病床前无孝子，何况她还是一个从外面接回来的媳妇。久而久之，家人习惯了病媳妇的抽搐。家人就任那媳妇倒在哪里就让她在哪里，等她抖够了也就不抖了。

家人习惯了她的病，接纳了她的病，也忽略了她的病。

当一个人想要有尊严地活着时，他会处处维护自己的光鲜形象。但是，一旦这张光鲜的面子被撕破，那就没有什么好顾忌的了。人一旦无所顾忌，自由也就来了。

这种情况与民间流传的一则故事类同：有一位非常有钱的庄园主，他有一个漂亮的女儿。那一年，他的庄园里被安排住进了一支部队。部队里的年轻军官们每天轮流请庄园主女儿跳舞赴宴。庄园主每日忧心忡忡，食不甘味，睡不着觉。突然有一天，女儿对庄园主说她怀孕了，做父亲的听后终于长长地吁了一口气说："终于还是发生了。"

当菊花大伯一家一旦丢开心灵上的包袱时，他们谈起羊癫疯的病状就如谈吃饭穿衣一样轻松："莫事，发病只是抖，要不得命。"

在普遍缺少医学知识的时代里，所有不常见的怪病都被人们强拉进传染病的家族里。在无神论还未普及的时代里，所有一切不合逻辑的事情都被归结到因果说或报应论里。

小寨的女人们知道娶进门的新媳妇有病后，就七嘴八舌地展开她们那贫瘠的想象，说她不是做了亏心事，就是被恶鬼缠了身。

可怜的新媳妇，离开亲人，离开熟悉的环境嫁到四合院，却成为人们眼中的另类，成为人们避之不及的怪物。

人畜无害的女人，又比如菊花的母亲牟雪华。由于娘家贫穷，牟雪华在娘家时就被送来送去，给别人带孩子混口饭吃。到了出嫁的年龄，却还像发育不全的样子，瘦瘦的、矮矮的一个小女人，又大字不识一个。她带着一种卑微的奴性嫁到了婆家，所以处处觉得自己矮人一等。加之嫁过来后，几年都没有生娃，跟人吵架时还被别人骂："不能下蛋的母鸡。"

迟迟怀不上娃，菊花父亲张永安倒是不说什么，但她祖母孙莲芳就不干了，整天找媳妇的麻烦，找她的问题，不仅如此，身边的传话筒们也在积极地干着不发工资，照样搬弄口舌是非的"伟大事业"。

所谓母以子为贵，那些生了儿子的媳妇，腰杆挺得可直了。那些只生了女儿的媳妇，虽是也被别人骂成"下软蛋的老母鸡"，但是只要一想到菊花的母亲，也就欣慰地笑了。

菊花母亲没有生育哪有菊花？别急，我正要说呢。

菊花母亲嫁过来后，虽是吃不饱穿不暖，但好在菊花父亲对她好，体贴她，照顾她。几年后，她曾经讨饭时透支的身体恢复过来了，大女儿桂花就跟着来了。四年后，菊花也就顺理成章地蹦出来了。

虽然生了两个女儿，那也是没有功劳的。谁都知道，干活评工分时，男子能评十分、八分，女子只能评八分或六分。她妈一想到这，觉得自己是家庭里的罪人，把原本低着的头埋得更低了。原本她是看着衣服上第二颗纽扣走路的，生了两个女儿后，就开始看着自己的脚背走路了。

看吧，她们就是人畜无害的女人。

爆炸的烟

"说什么抽烟伤肺、抽烟伤身，那残疾人张永国大长烟管不离嘴，他的身体咋没有这不好那不好？"

在整个小寨，如果有人劝亲人戒烟，说抽烟的诸多不好时，张永国的名字就会被抽烟的人拿出来当挡箭牌。张永国是张氏家族中的老烟鬼，烟就是他的命、就是他的魂。他是一个宁可十日无肉，也不可一日无烟的人。他就是张山山的爷爷，也是菊花的大伯。

大伯之前是一个屠户，有一年为人杀年猪时，帮忙按猪的人没有按住，猪的后腿一伸一弹间把杀猪的刀子踢到了大伯的腿上，锋利的刀刃正好割到大伯的腿上，伤了神经，也流了许多的血。自此，大伯就成了废人，先是走路不利索，干活也没有力气。后来就不能干活了，成了个干瘪的老头儿。

大伯的手中总有一杆长长的旱烟管，他的脾气虽好，但孩子们还是非常怕他。因为他总是用烟管威胁孩子们。一到冬天，他就整天提着一个放着柴火石的暖炉。他总是不停地咳嗽，常常咳得喘不过气来。孩子们说他肯定是肺上出了问题，叫他少抽烟，他总是把孩子们的话当耳边风，并且说要革了他的烟还不如革了他的命。

刚开始的时候，孩子们善意地藏起了大伯的烟管，大伯也想到孩子们是为他的健康着想，也想过要戒烟。戒了几天，忍不住的时候，他就躲着孩子们去抽。每当孩子们发现时，他都觉得像是做了错事的孩子似的。

后来，他慢慢觉得，他抽了一辈子的烟，到老了还要叫他戒掉，他觉得这是夺人之好。有了这个想法后，他就不再顾及孩子们的说辞了。遇到孩子们说他又在抽烟时，他就来个瞪鼻子上脸："我抽咋的啦，又没抽你的！"

大伯凭他的年龄，凭他的辈分，谁敢对他强来呢，他总是"对的"！

说起张永国的烟瘾之大，真不知要如何形容才好。他常常把抽剩下的烟蒂集中起来用树叶子或是孩子们的作业纸卷好了又抽。他也抽过丝瓜藤。他把丝瓜藤用剪刀剪成一小节一小节当烟抽解馋。

他为了能过足烟瘾，那可是想足了办法。他在没有烟抽的时候，就把自己之前抽烟的细竹筒用刀削成牙签大的细签儿，然后在竹签儿外面包上一层层树叶当作烟叶子抽。

他应该实践过许多种树叶，知道哪些树叶够味道。他常常在风和日暖的日子里倒在田地边的树脚下抽他的树叶烟，他贪婪得像不知饱足的烟鬼一样，一支接一支的一连抽上好几支，才心满意足地从草垛上爬起来，蹒跚地回家去。就连在打霜下雪的寒冷天里，只要他的烟瘾上来了，他仍是要出门找树叶烟的。

别看他常常咳嗽，但是几乎没有看过医生。除了自然衰老，身体其他一律都好着呢。他从来没有进过医院，从来没有找过乡村的赤脚医生，就连最普通的头疼脑热的小毛病也没有患过。

自从他连路都不能走了以后，他的生活极其简单，每顿饭都是儿子儿媳端来。他从不挑食，端什么吃什么，端下一顿饭的时候，就带上一顿的碗回去。一年四季都穿着晚清时的灰布长袍，长袍外套着透满油渍和汗渍的羊皮褂子。羊皮褂子明明有一排纽扣，但他无论春冬都喜欢敞着。

岁月是把杀猪刀，当无情的岁月一天天地把张永国削得只剩下皮包骨的时候，那敞着的羊皮褂在他的身上就越来越晃荡。他好像没有换洗的衣服，就一直这样穿着，冬天不怕冷，夏天不怕热。就是因为他的这身四季如一日的打扮，旁人又把"六月的斑鸠，不知道春秋"这句话送给了他。凡是有说人穿不来衣服的，张永国又成了他们嘴中活生生的例子。

有一年，张山山的父亲张大成出门去背了一趟盐，回来送给他父亲一杆长烟锅。长烟锅是铜打制的，老父亲一看就喜欢上了，从此后那杆长烟锅不是在他的手上提着，就是在他的裤腰上别着。

有了长烟锅，喜了张永国，却苦了他的孙儿们。他的孙子几乎都吃过长烟锅子的苦，他要是看谁不顺眼了，手一伸，烟锅头就砸到头上去了。当然，爱调皮捣蛋的张山山吃爷爷的烟锅脑壳那便是家长便饭了。张山山也试着把爷爷的烟杆藏起来，但最后总被爷爷用一道竹笋炒肉给招了出来。

随着春节的来临，在小寨后山的大坟园里，一改平常的冷清，几乎每天都有鞭炮声在空中回响。往往是坟园的鞭炮声一响，孩子们便像是听到上课铃一样积极地行动起来。往往是祭祖的人刚走，鞭炮声刚停，坟园里就涌进一群群孩子，他们在坟园里反复穿梭，先是抢食坟前的供食，然后找没有炸裂的鞭炮。

捡鞭炮的除了男孩子还有假小子菊花，孩子们天生喜欢刺

激和具有挑战性的冒险活动。捡来的鞭炮分两种，一种是有火
药引线的，一种是没有引线的。他们称没有引线的鞭炮为哑炮。
哑炮点燃的那一瞬，发出的烟似蓝非蓝，而快速迅猛的燃烧速
度对他们来说是新异的。他们常常把没有引线的鞭炮剥开，把
里面的火药面儿点燃，看里面那种跟平常的火光不一样的四处
迸裂的光。也有的人把火药面儿集中起来，用小竹筒装上火药
面儿，然后偷偷地在棉絮里扯下一丝儿棉花捻成引线，做出一
个大鞭炮来。

孩子们喜欢爆炸声，尤其是经自己的手所引发出的爆炸声，
响声刺激着他们的神经，他们在玩具缺乏的乡村需要这样的刺
激来提升他们的勇气和胆量。他们有许多创新的玩法，把单个
的火炮插在胆小的女生要过路的水田埂上，等女生路过时，溅
女生一身的水和稀泥。或是趁某人不注意时，扔出点燃的鞭炮，
以此来惊吓对方取乐！

在四合院的这群熊孩子中，除了张大荣，就以张山山和菊
花最为甚了。整个春节期间，他们每天神不知鬼不觉地就跑到
坟山去了，而且每次都不会空手而归。

一天晚上，张山山跟着他母亲去喂猪喂牛。看到圈里的牛粪，
他突然间脑洞大开，趁着他母亲喂猪的时候，连忙从裤兜里拿
出一枚鞭炮插在牛粪上，在他母亲刚刚从猪圈转过身的一瞬间
点燃了引子。

那天晚上，张山山他母亲板着一张脸，顶着一身的牛粪，
逼着张山山交出了裤兜里的心肝宝贝儿。张山山心虚，知道自
己惹了祸，为求自保，不得不乖乖认罚。

张山山炸他母亲一身的牛粪，他母亲舍不得打他，只让他
交出余下的鞭炮。但爷爷张永国知道这件事后，就狠狠地赏了

他两个烟锅子。爷爷下手有些重，张山山的额头第二天早上就鼓了两个青包。

在学校里，同学们都取笑张山山为包文正。张山山只知道包文正很黑，却不知道包文正又叫包青天，是正义的象征。就委屈巴巴地把同学取笑他的账记到爷爷的头上去了。

"我是我妈的儿子，我妈都舍不得打我，你还伸个长烟锅子！"

"长烟锅子，长烟锅子！……"

回家后的张山山嘴里嘟嘟嚷嚷地叨叨着，想到昨晚爆他母亲那一头一脸的牛粪时，他又忍不住嘿嘿地笑了起来。他的笑一是因为母亲的窘态确实令人发笑，再则是他想到了一个更刺激的鞭炮玩法。

有了这个更刺激的玩法，那就得立即行动起来——这个行动的关键是要偷到菊花书包里的鞭炮。张山山知道菊花的书包里有许多鞭炮，于是就打起了菊花的主意。午饭后，他早早地跑到学校，想趁菊花没到校偷她书包里的鞭炮。

张山山来到学校，从三年级绕到一年级菊花的座位上，才把手伸到菊花的书包，就被出现在班级后门的菊花抓了个正着。

菊花气呼呼地跑上前，揪住张山山："好你个山娃子，敢翻我的书包，坦白交代，你想偷啥子。"

"菊幺，我、我、我……"

自从张山山被菊花在教室咬了之后，就怕着菊花，这下被菊花抓了现形，在强大的攻势面前，一番纠结后不得不老实交代。

菊花看着张山山那包文正似的脸，也想起了吃大伯烟杆子的痛，于是，爽快地从书包里选了一枚带引线的鞭炮送给了张山山。

拿着鞭炮的张山山撒腿就往家里跑，菊花知道要有好戏看了，也立即跟了上去。

张山山跑到父亲的卧室，从里面偷出父亲吃的叶子烟，学着爷爷平时卷烟的样子，把烟茎抽出来，把烟叶理平展，小心翼翼地把鞭炮卷在了烟叶子里面。他反复卷了几次，直到他觉得自己卷的烟跟爷爷卷得差不多了，才屁颠屁颠地跑到爷爷跟前去。

"爷，给你烟！"

张永国看到孙儿送烟，满心喜悦，伸手就取别在裤腰上的烟杆。

"爷，我来给你装。"不待张永国伸手接烟，张山山就自告奋勇地承担起装烟的任务来。张山山之前给爷爷装过烟，这次爷爷一高兴，就伸着烟锅默许了他。

菊花远远地站着，看到张山山把烟给大伯装上要点火时，她就连忙捂住了耳朵。

张山山咬着要发笑的嘴唇，把烟装好后，顺手就拿出了包里的火柴："爷，我点火，你咂两口。"

张山山把火柴划燃，刚刚点着烟叶，就扔下火柴跑开了。张永国以为张山山是怕火柴烧到手了，心想这娃儿咋点烟的，烟还没点燃呢，就扔下火柴跑了。他得趁着还有点儿火星儿狠狠地咂两口……

"吧……吧……嘣！"

一声清脆的响声自张永国的烟杆上传出，由于爆炸得太突然，犹如旱地惊龙，晴天霹雳，张永国吓得扔掉烟管，身体从圈椅上惊得跳起来，随即又掉落到地面上。再看地上的烟嘴时，已被连摔带炸的成了两半。

　　看到张永国被鞭炮吓得跌坐到了地上，两个孩子才如梦方醒般知道自己惹了祸，呼啦一声就逃得无影无踪了。

　　当天晚上，张山山和张菊花被拉到四合院中间罚站。菊花为自己辩护，说鞭炮是她的，但是她没有参与。父亲却严厉地说："你知不知道，你的行为叫借刀杀人。你明明知道这件事情是不对的，但是你不但没有制止，反而还参与进来，你说你还能没错？"

　　后来，菊花想，她和张山山在追求鞭炮创新玩法的刺激前，迷失了自己，完全忘记了老师教写日记的三大要素：起因、经过和结果。假如她当时能写好叙事文，也许就能考虑到生活中的事其实跟作文是一样的，也得有个结果，如果做任何事不考虑结果，那是很可怕的，那是要付出惨痛代价的。

二伯的诨名

　　教室一字儿排开，廊檐下一条一米多高的深水沟，长年渗出一股流水。水沟上三条石板铺在三间教室门口，胆大的学生能不走石板或迈或跳到操场上，胆小的学生就必须要通过石板路了。操场边是一排杨柳树，这些杨柳树从学校修建起就栽种了，现在的树身有洗脸盆那么粗了。

　　每年春天，轻柔的杨柳枝倒垂下来，发新芽，抽新枝，好似一堵绿盈盈的墙。过冬的鸟儿一回来，就聚到树上，一起鸣唱，一起飞翔，给学校增添了新装新意。一到夏天，蝉与青蛙的合唱就开始了，它们总是不眠不休，中午唱，晚上唱，那些歌声此起彼伏，热闹极了。

　　大教室里，叶老师把一年级的学生放到操场上休息，然后把教室门关上，好给三年级的同学讲课。他是有意把各个年级下课的时间调开了的，不然，为三个班上课的他可没有分身术。

　　窗外不时有顽皮的孩子探头探脑，叶老师正在讲课，他用吃人般的眼神向窗边一盯，那眼神里立马就蹦出几个字：滚远些要！

　　霎时，那些窗边的脑袋就像浮出水面的鸭子一样，又沉下去游走了。

菊花的二伯张永泰扛着锄头来了，菊花冲他做了个鬼脸就要跑开。张永泰笑了，停下脚步堵住菊花的路，说："菊花，我又不吃人，你跑啥子？"

菊花被堵住了去路，只好低头看着自己衣服上的第二颗纽扣，不说话。

"你说呢。"二伯继续追问。

菊花还是没有说话。旁边的小伙伴都围了过来，看西洋镜似的。

菊花不敢跑开是有原因的。前些天，张永泰挑了一担粪水去浇菜，菊花则在路上玩耍，她的母亲牟雪华在田地里干活。张永泰挑着粪水老远就冲菊花喊："菊娃子你让开些。"菊花听了不但没有让，反而学着张永泰的样子大声说："月母子，你让开些。"

"月母子"是张永泰的小名。乡下的女人生完孩子坐月子的时候都是用一条白毛巾把头严严实实地裹住。有一次张永泰头痛得厉害，就用白毛巾裹头，被爱开玩笑的人看见了，就取笑说他在坐月子。"月母子"这个名儿就成了他的笑柄。这是大人们常开的玩笑，这下被菊花叫了出来。

张永泰听了心里很不舒服，弄了一个男不男女不女的诨名，同辈玩笑下倒也算了，屁大的孩子也来叫他。但一看到那么大一屁孩，不懂事，又不能拿她怎么样，想到这，他也就释然了，不生气了。但在田里干活的牟雪华就沉不住气了。

"你个狗东西，还不快些给二伯让路！"牟雪华扯开嗓子冲着菊花吼。随后又立即用道歉的语气对张永泰说："她二伯，这丫头片子欠打，我要好好收拾她。"

"算了，娃儿家，她懂个啥。"张永泰劝道。

菊花听母亲道歉，感觉自己犯了错，但一时又不知错在哪里，听到要挨打，爬起来，灰都顾不得抖就跑得无影无踪了。

那天晚上，菊花回去就被他父亲逮住了，叫她进黑屋面壁思过。菊花早把下午的事忘得一干二净了，她想她有啥子错啊？回来晚了，还是没帮母亲捡引火柴？

吃晚饭时，牟雪华对菊花说，晚辈要像个晚辈的样子，不能随随便便叫长辈的诨名。

菊花口里哦哦哦地答应着，心里却在想，我咋个分得清哪些是长辈，哪些是晚辈呢？我班上那些同学，不是这个娃子就是那个女子，我天天都是这样在叫，这里面哪些是长辈，哪些又是晚辈呢？

这个问题自那天晚上后，菊花心里就一直在纠结。她到教室里去，也曾小心地观察过，叶老师肯定是所有人的长辈，没有人叫他诨名，好像老师也没有诨名。也许有，她不知道。那么下面的学生有没有长辈呢？她越是想弄清，却越是感到糊涂。弄得这两天，她都有些不敢直接叫同学的名字了，想跟他们耍的时候，就讪讪地加入到他们的队伍里去。

这个时候张永泰叫住菊花，而且还不让她走，她就想到那天晚上的面壁思过，心里有些后怕，所以站在原地一动不动。

看到菊花傻呆呆的样子，张永泰突然想捉弄一下菊花，笑着蹲下身子，说："菊花，你那天说的啥话，你再说一遍我听看看。"

这不是哪壶不开提哪壶嘛，菊花咬住嘴唇不敢开口。

张永泰用他唯一的手臂把菊花搂在怀里："说嘛，娃儿，再说一遍我就放下你。"

菊花在张永泰的怀里不敢动，说也不是，不说也不是，最终"哇"的一声哭出来了。

这时，祖母孙莲芳从教室旁的大路上过来了，看到张永泰把菊花逗哭了，就半是指责半是玩笑地说："你对二伯说嘛。逗狗儿咬人，逗娃儿哭人。永泰你都老大不小了，还没个正经的哟，还要来逗娃儿哭哟。"

张永泰挨了孙莲芳的一顿数落，讪讪地放下菊花，扛起锄头走了。

菊花的两行泪还挂在两边腮上，就冲着张永泰的背影伸出了她那长长的舌头，引来无数小伙伴的笑。

这下，张永泰的养子张大军，因为养父跟菊花的事也结下了梁子。

但菊花不是好惹的主儿。她的家跟学校只隔着一道水沟，学校的背面就是菊花的家。学校后面的房檐水和菊花住房后面的房檐水都滴在同一个水沟里。菊花家开了一道后门，后门与学校大教室的后门相对。菊花家的猪圈修在学校的下端，里面常年有一个空猪圈没用，那就是女生的厕所。

菊花的父亲在学校的上端挖了一个坑，搭了一个简易的棚，坑上铺了几块木板，算是男生的厕所。家里喂猪时要走后门，打理学校那边的庄稼时要走后门，桂花、菊花上学时要走后门。有时前院的孩子们想抄近路来上学的也走这个后门。其中还有菊花的祖母孙莲芳常常走后门，趴在窗子上偷看她的两个孙女在认真听课没有。

因为这道后门，班上很多孩子爱跟菊花玩。除了这个原因，还有一个原因就是，夏天到了，很多同学口渴了，就从后门跑到菊花家的水缸里讨生水喝，常常是一队一队的。

当然，这些并不是菊花所倚仗的。在她刚适应学校生活的那段时间，她也曾想在班上当霸王，曾说过不让这个学生上厕所，不让那个学生喝水。后来，祖母告诉她，你傻呀，他们排的粪便可是最好的肥料呀，这些肥料拿来种菜呀菜新鲜，种粮食呀粮食增产，你不让他们上厕所，不是把肥水流到外人田了吗？

自那以后，菊花跟同学吵嘴，就再也不说不准谁谁谁上厕所的事了。看到那些喝水的学生，她就想，喝吧，喝的多，拉的多，家里的肥料就多，心里反而美滋滋的，像是别人给她家送银子似的。所以，不管是朋友还是"仇敌"，她是不会拉着脸的。

菊花不好惹，是因为她的性格。可能是她母亲生她的时候，众神都来帮忙，结果帮了倒忙了。这个观音给了她一个女儿身，那个菩萨给了她一个男娃子的性格。整座院子里的小伙伴基本分为两组，一组大一些的跟桂花、秀莲玩，一组小一些的跟张大荣和菊花玩，除了张大荣大菊花半岁外，其他的小伙伴都比菊花小。菊花自然也成了这群娃娃的头儿之一。

哼！自小就是假小子的她，岂怕你大军娃子。咱们骑驴看唱本——走着瞧。

打草削头发

  暑假是孩子们最快乐的时光。但乡下的孩子也不会光闲着。早晚一筐草，那是必不可少的。

  要说起割草，也不完全是枯燥无味的。因为对于天性好动的孩子，割草也有割草的乐趣。

  比如打草。

  打草就是每人出一把草，把这些草整齐地排列起来，然后规定了距离，用镰刀去打草，如果镰刀把草打倒了，那么打倒的草就归你了。

  打草游戏是农村孩子都玩过且有深刻体验的。这是一款类似于大鱼吃小鱼的游戏，类似于人们常说的兵哥哥的游戏。当兵的孩子刚入伍的时候，总是被老兵吩咐，但是一旦成了老兵，他就有了吩咐新兵的权力。

  打草没有专门的师傅教，也不会写在教科书里。它是一种你参与了，付出了实质性的草之后收获到的快乐游戏。

  菊花一直热衷于这款游戏，因为跟她玩的这些孩子中，只有她和张大荣年龄大些，他俩是孩子王。对于打草，那是一个熟能生巧的游戏，那是一条不想割草时就能走的捷径。

每次打草的时候，总有七八个孩子在一起参与。张大荣和菊花的成绩当然是遥遥领先的。其他的小朋友则认为是自己的运气不够好。

20世纪70-80年代的游戏，不像新时代的游戏更迭快速。昨天还是跳绳、踢毽子，今天就开始玩手机了；昨天还是手机版的"贪吃蛇"，今天就是电脑版的"绝地求生"了！

菊花终止打草的游戏，不是因为有新的游戏出来代替了它，而是在一次游戏中，发生了一件让人想想都害怕的事。

那是在一个小树林里，树林里的几个孩子正高兴地玩着打草的游戏。一把镰刀"呼"地飞了出去，那是张大荣的镰刀，他因为掌握不好力度，把刀扔到了草堆的前面。与此同时，又一把镰刀飞了出去。这是张山山的镰刀，张山山好像忘记了他的目的是要打草，而是为了跟张大荣比谁甩得远似的。那些没有被打倒的草垛稳稳地站在那里嘲笑他们。它们好像伸着勾引人的食指对着面前的几把镰刀说："来呀，你们打我呀！"

轮到菊花打草了，她选择了一个纵向的位置，这样如果力度大的话，就有可能同时打倒两把草。只见她稍稍平下身，把刀尽量放平，这是她总结出的经验。她想使出全身力气，她想象着这一刀出去，定能打倒一路的草。因为其他伙伴的背篓里都有大半背篓草了，而她的背篓里才刚刚铺了底。

她抱着必胜的信念，鼓足了勇气，用力地把镰刀给扔了出去。"呼呼呼……"镰刀在空中快速地转动起来，飞过草垛，飞过小树林，朝树林之外的大路飞去！

菊花因为求胜心切，反而没有把草打中，正当她懊悔自己没把握好方向时，大路上传来"啊"的一声惊叫！

几个小伙伴立即跑出树林，看到一个男人双手抱住自己的头，蹲在地上喘着气，他提的帆布袋散落在一边。从他惊惧的眼神看得出来，他一定是受到了不小的惊吓。

蹲在地上的男人脸色苍白，他用手摸了摸头，那样子好像是确定自己的头还在不在颈上。就在他摸头的时候，菊花吓呆了，因为那人的头顶没有头发，露出了一个光秃秃的脑袋顶。

菊花呆若木鸡，傻傻地看着地上的男人好半天才缓过气来。男人拾起身后的镰刀说："背实的娃儿，跟我去见你们的大人！"

菊花见他要告状，知道大事不妙，镰刀也不要了，撒腿就跑。其他小伙伴见菊花跑了，也像鸟雀一样飞也似的跑开了，纷纷躲进树林。

菊花没有镰刀，不能割草了，就悄悄地背着背篓回了家。她把仅有的垫底草倒在牛嘴口，看着对她摇着尾巴表示友好和感谢的黄牛，她有些过意不去，就亲昵地拍拍黄牛的头，心里默默想着："我在家人面前就说割的草喂给你了，你就饿一顿，帮我顶过这一关，明天我保证认真割草，不亏待你。"

菊花的这一招确实管用，只要大人不在家里，她总能如愿。在那之前，她尝试过在背篓里垫上树枝，然后松松地把草铺在上面。但有一次被祖母孙莲芳发现了，因为背篓的中间是空的，透着光，隔着背篓能从这边看到那边。

祖母没有在菊花父母亲面前揭露她，只用一只脚伸进装草的背篓里，把松松的草踏压到了背篓底，对菊花说："孙女，你老是这样可不行，牛儿吃不饱就没有力气耕田，牛儿不耕田我们就没有吃的。"从那之后，菊花对割草的事又上心了几分，但毕竟贪玩是小孩子天性，免不了遇到好玩的时候又对自己放松了要求。

老黄牛是慈祥的，也是忠厚的，它如了菊花的愿，不但如此，还经常帮菊花的忙。它不会出卖菊花，只是在饿得慌的时候叫唤几声以表示自己的不满，以此来提醒菊花。

让菊花意想不到的是，下午那个秃顶男人，竟然又提着帆布袋来到了四合院，另一只手里拿着菊花打草的那把镰刀。

那时候天还没有黑，菊花因为没有镰刀，所以回来得太早，其他人都还在田地里忙活，整个四合院除了秃顶男人和菊花外，再无其他人。

菊花自从见到这个人，心里就害怕得要命。因为她一直认为，那男人的头发就是她削掉的！

男人姓肖，是三伯家请来为秀莲姐缝制嫁衣的裁缝。

菊花远远地躲着肖裁缝。正当她想进屋关门的时候，肖裁缝却偏偏对着菊花招呼："假小子，来！"

菊花知道躲不掉，便硬着头皮来到肖裁缝面前。

肖裁缝微笑着把手中的镰刀给她递过去。

菊花不敢伸手去接。肖裁缝却一本正经地对菊花说："以后啊，别玩那种游戏了，我的头发没了还可以再长，但是我的命没有了，会变成厉鬼找你算账的！"

肖裁缝说厉鬼的时候，还故意翻出白眼扮了一副鬼脸，菊花真的给吓到了，她飞快地抽走肖裁缝手中的镰刀，跑回家再也不敢出来了。

人吓人吓死人

在肖裁缝扮鬼脸的那天晚上，菊花失眠了。因为这些天她总是面对鬼呀鬼的。

前些天，父亲在山上开荒，无意中挖出一颗人头骨。父亲一锄头下去，人头骨碎裂的同时，一颗牙齿溅到了菊花身上，瞬间菊花感觉自己被鬼附身了，吓得哇哇大哭起来。

父亲告诉她，这个世界没有鬼，人死了就没有意识了，叫她不要害怕死鬼，而要防范活人。

父亲说："人吓人才吓死人！"

菊花当时不明白父亲所说的含义，但在后来三伯和张山山的恶作剧中，她又觉得父亲说的话有道理。

陈婆婆是二伯战友的母亲。二伯在部队时常跟战友并肩作战。在一次突围战斗中，战友选择了牺牲自己，成全了部队的突围成功。战友走后，二伯把孤苦的陈婆婆接到四合院，待她如亲生母亲。

二伯知道陈婆婆有眼病后，就带她上市里的大医院检查。大医院的医生们会诊后说她的眼睛是眼底病，治不了，只有自我保养，不让病情恶化得太快。

陈婆婆的眼睛看东西也不是一团漆黑，人站在她面前她还是能看到大致轮廓。她自来到四合院后，既没有把自己当闲人，也没有把自己当病人，力所能及的事情总是抢着做。

有一次陈婆婆在田边背干稻草回来喂牛。田不远，那是她惯走的地方。正在她装草的时候，遇到来叫她吃饭的三伯。

三伯是远近闻名的爱搞恶作剧的人。他远远地看到陈婆婆，心里就想，如果说这个女人眼睛看不清，那她怎么能出来背草呢。为了证实自己的想法，一个滑稽的念头在他的大脑里油然而生。

陈婆婆正背着草走着路，突然感到她的头顶有个人影围绕着她的身体转来转去。那个转动的身影还发出"哗啦哗啦"的响声。

陈婆婆把手中的镰刀向那人影砍去，那人影又巧妙地躲开了，等陈婆婆又走路的时候，那人影又围着她一圈一圈地转动。

这是陈婆婆从未有过的体验。她突然间有一种不祥的恐惧之感，脚下打了几个趔趄后，终于人软软地倒在了地上。

三伯见状吓得不轻，连忙放下手中吓鸟雀的稻草人，扶起地上的陈婆婆。三伯一边给她掐人中，一边对她说："陈妈，我是老三，逗你玩的，别怕，别怕。"

陈婆婆被吓，那是因为她的眼睛看不见。

大伯母被吓，那是因为她那胆小的内心有鬼。

大伯母有一天在坟地里割草，她的孙子张山山在上面田埂上向下撒沙子。当时太阳已经落山，天地间一片朦胧。大伯母割草的坟山后又是一片高大茂密的树林。而那些沙子就从树林上落到她的头顶上。

刚开始的时候，大伯母壮着胆子问了几声。可她那调皮的孙子一心要与她的祖母逗乐，在上面的田埂上咬着牙偷偷地一边笑一边继续向下撒沙子。

大伯母越来越心虚，突然间觉得寒气逼人，她心里想的是要赶快跑出这是非之地，脚下却像被人抓住一样动不得步。

当调皮的张山山发现撒了沙子没有人回应时，才开始觉得这游戏是多么无趣。于是他就大声地叫他的祖母，就是那叫声，才把吓走的魂儿又引回到了大伯母的身体里。

抢一张姐姐的照片来看

菊花的父亲张永安是兄弟中最小的，分家产轮到他时，所剩的祖业寥寥无几。菊花的卧室里本来是祖孙三人一架床，现在却新添了一架新床。那是张永安觉得两个女儿渐渐大了，不应该跟祖母挤在一个被窝里了。于是，他在去年时就有计划地在柴山砍回了树。现在已经过了一整个六月，所砍的树也干了。他就请来木匠新做了一架床。

新床给桂花睡，菊花还是跟祖母睡。桂花经常跑去跟张大荣的姐姐秀莲睡。但是桂花的新床就算空着，她也坚决不愿意让妹妹菊花睡。

秀莲和桂花两人感情太好了，好到让菊花羡慕嫉妒恨。秀莲已经辍学在家。秀莲和桂花除了在上学的时候不在一起，其他的时间总是在一起，就连两家人在同一时间段吃饭的时候，两人都要把碗端上，站在院子里或蹲在院子里吃。桂花从学校回来，要去捡柴割草，秀莲总是等着她一路。

她们这么多的时间在一起，却还是不称心，还要连晚上睡觉都要在一起。有时候，菊花也想参与到两位姐姐的窃窃私语中，可桂花总是不友好地把她轰走，还说："你小娃儿快走开些，你还听不懂我们说的话。"菊花嘴上反驳，心里恨得很：小娃儿，小娃儿，你还不是小娃儿！

有一次，菊花跟张大荣在一起耍，远远地又看到秀莲跟桂花神神秘秘地在一起。秀莲手中拿着一张小纸片，给桂花看。两人的目光全都落在纸片上，嘴里还不时地谈论着什么。菊花被她们那专注的神情吸引了，问身边的张大荣："荣哥，她们看啥？"

"菊妹，你想看，我给你抢来！"张大荣当即承诺。

菊花绕到墙根下，张大荣蹑足潜踪地走到秀莲和桂花身后，冷不防地出击，夺了他姐手中的纸片就跑了出来。

菊花看到张大荣到手了，也跟着张大荣跑出了四合院。

他们的身后，是两个反应过来紧追不舍的姐姐。

两位姐姐显然很生气了，但她们却奇怪地克制住怒气，只是一声连一声地用带有威胁性的低重音叫着："张大荣，你给我站住！张大荣，你给我站住！"

如果抢到的东西在菊花手中，被她姐桂花这样压低声音一呵斥，菊花肯定就会真的站住。在她心里，她姐是母夜叉的形象，够震慑她的！

可是纸片并不在菊花手中，而是在张大荣手中。皇帝爱长子，百姓爱幺儿，更何况当时还处在重男轻女的时代！张大荣仗着有人给他撑腰，又想着纸片菊妹还没看，怎么可以就还她们呢。

张大荣边跑边嚷："你们不许追，你们不许追，不然我就把它吃掉，谁也看不成！"

后面紧紧相逼的两位姐姐一听，果然就停下了脚步。

张大荣见两位姐姐没有追来，见自己的话起到了作用，就转过身，扬起纸片说："你们看，我们也看看，看了就还你们。

不然我就把它吃到肚子里，谁也别看！"

秀莲和桂花相视一眼，达成妥协的默契。

秀莲用近乎央求的口吻说："好弟弟，你看，你看就是了，我们在这儿等你，看完了还给我们就是。"

张大荣向菊花招招手，菊花在姐姐的眼皮子底下战战兢兢地蹭到张大荣身边。张大荣这才将手中的纸片放到菊花手里。原来是一张如邮票大小的照片。照片上只有一个男青年的头。肩膀以下就没有了。

两个小屁孩不由得有些诧异，这个照片有什么好看的，还没有堂哥的万花筒好看呢。

菊花看了照片，怯怯地把它还给秀莲。秀莲接过照片，蹲下来慎重地用双手压了压菊花的肩："能保密吗？"

菊花看到两位姐姐心事重重的样子，也慎重地点了点头。但她始终想不通，无非是看一张小小的照片嘛，有什么好保秘的？家里父亲做的那个相框里的照片，不是可以光明正大地天天看，时时看吗？

两个月后，秀莲失踪了。四合院的所有人都帮忙去找秀莲，有人说她是被人贩子给拐走了，有人说她跟走村串户的生意人去了。秀莲姐的命运到底怎样，四合院的人无从得知。随着时间的推移，秀莲不但淡出了人们的视线，也淡出了人们的心里。

几年后的一天，菊花突然想起与张大荣抢秀莲姐照片的情形。她在想，会不会是照片上的那个男人成了秀莲姐现在的丈夫呢？她回想起两位姐姐当时的表情，自己的心突然如清晨间田地里擎着两片似开未开的豆苗叶瓣，在晨露的滋养下，在夕阳的照耀下，轻轻地颤了一下。

唱戏的来啦

春天到了，妖娆的桃花开了，洁白的梨花开了，金黄的油菜花开了……

蜜蜂嗡嗡叫，蝴蝶翩翩飞。

孩子们脱掉了臃肿的外套，心情也显得格外舒朗。

他们喜欢在树阴下守候花开花谢，并期望得到树的回赠。

菊花家有两棵梨子树，这年的梨花开得特别旺。家里人除了菊花的母亲牟雪华都憧憬着梨子硕果压枝的情景。

牟雪华常常抱怨她的丈夫："这两棵树太大了，占了这么多土地，每年梨子还没成熟就有娃儿开始偷了。你看吧，如果今年再不围个篱笆，恐怕梨子还没成熟就没你的了。这样的话，还不如砍了，种蔬菜多好。"

"不砍树吧，每年自家还能吃几颗，砍了树吧，你就直接没得指望啰。"

"你说说是不是这个道理呀？"张永安用粗壮的大拇指点了点菊花的额头问。

菊花狠狠地点点头，表示高度赞同父亲的道理。这个道理是菊花在丽萍嫂与雪芳嫂每年为争杏子树而总结出来的。

学校女生的厕所是菊花家的猪圈。她家猪圈旁边紧挨着丽萍嫂和雪芳嫂的猪圈。这些猪圈都是长方形的粪坑。如果把这些猪圈拆去，只留下粪坑，你会发现它们像三个口字写成的"品"。

就在"品"字中间的道路上，有一棵脸盆粗的杏子树，这棵杏子树投胎投得好，往上阳光充足，往下肥料充足。

每年杏花开时，风儿一吹，那花瓣雨就纷纷翩跹起舞。一夜春雨，这路上便是用花瓣铺就的地毯。

由杏子树上开的花就可想见每年能丰收的杏子了。每到小麦黄了的时节，树上的杏子也由青变黄，由涩变甜了。

每年一到杏子成熟的时候，两个嫂子就要为争杏子大动肝火。

丽萍嫂说："这树是我粪塘边的，是我家的。"

雪芳嫂说："祖上分家没有分杏子树，我家也有份。"

有一年，丽萍嫂趁雪芳嫂全家在田里割麦子，就叫她丈夫爬上树把杏子打了。虽然杏子还有点青，丽萍嫂却说："没关系，把它捂一捂就熟了。"

有一年，雪芳嫂一早起床就把杏子打了。

上一年，丽萍嫂正在打杏子时，雪芳嫂也把背篓背来捡。丽萍嫂不让捡，雪芳嫂偏要捡。结果她们谁也不让谁，大打出手。一拉一扯中，雪芳嫂把丽萍嫂推到了粪塘里。

丽萍嫂的丈夫知道事情的经过后非常生气，一气之下就把杏子树砍掉了。

菊花想，今年两位嫂嫂不会吵架了，但是也不会有杏子吃了。

想想杏子树长在那儿，不会碍着谁。不去争，不去抢，让它顺其自然地成熟，顺其自然地落下来，让每位路过的人都能吃到香甜的杏子，不是很好吗？

菊花赞成父亲的意见，觉得父亲非常有智慧。这让她想起了老师讲的一位种花的老伯伯。

老伯伯是一位种花的高手。他以前是城市里的园艺师，现在退休回到家里。他在乡下住了一年，房前屋后就开满了许多漂亮的花儿。

孩子们常常趁着老伯伯不注意的时候去他的花园里摘花。有时候，他们被老伯伯发现了，老伯伯不但不赶孩子们，反而将花园中最漂亮的花剪下来送给他们。

不仅如此，他还真诚地问孩子们，喜欢这些花吗？想不想也种上一两株，我可有免费的种子送哟。就这样，孩子们兴高采烈地带着花和种子回去了。

听说邻居老爷爷送花又送种子，孩子们可高兴啦，消息像春风一样四处传播。花期还没有结束，老爷爷家房前屋后就再也找不到一株像样的花儿了。

他的孙子看到满园的花只剩下残枝，地里的花株，也被爷爷分得零零碎碎，就面露不悦之色，对老人抱怨道："爷爷，没有谁会像你这样提起柱子让柱墩的。"

老伯伯笑呵呵地说："傻孩子，明年的这个时候你就会改变你现在的想法了。"

果然，第二年的春天，村前村后都开满了花，孩子们再也不去老伯伯的花园里摘花了，因为他们的家里也有漂亮的花可以供他们欣赏。

多好的老伯伯啊，菊花想。她的眼前立即就浮现出一位笑容可掬的老伯伯形象来。

啊！那不是肖裁缝吗？

肖裁缝常年来四合院做衣服。他的布口袋里有各种颜色的线筒儿。他来的时候，总是背着一台缝纫机。最让菊花着迷的是，肖裁缝的那个装着红色粉粉的小布袋。小布袋的一头有一根线，他常常把布用尺子量好之后，就把布袋里的线向外一拉，线上的红粉粉就在新布上留下一条线，他就顺着这条线进行剪裁。

菊花对肖裁缝的红粉粉着迷了，那多像秀莲姐抹在脸蛋上的那个红粉粉啊。再难看的脸蛋只要抹上一点，马上就变得嫣红，菊花也憧憬着能有一瓶像秀莲姐那样的红粉粉。于是，她趁着肖裁缝去吃饭的时候，把布袋里的红粉粉给倒了出来。

当肖裁缝再次用布袋的时候，发现布袋空了。他就用手指戳了戳菊花的面颊笑了——因为菊花的脸上正抹得像颗红苹果似的。

"想知道它的名字吗？"肖裁缝问。

菊花狠狠地点头。

"土红，它叫土红。"肖裁缝说。

菊花想起肖裁缝慈祥的笑脸，她也"咯咯咯"地笑了起来。

菊花用肖裁缝的土红抹脸，会让脸蛋显得更加妩媚。梦梦用菊花的球鞋粉抹脸，却让她的脸蛋变得更加白皙。

菊花的球鞋是读大学的表姐送她的，同时她还送给了她一袋抹在球鞋上的白粉。表姐告诉她，洗了球鞋后抹上球鞋粉会增加球鞋的白度。

表姐非常优秀，学习对她来说，总是一件非常愉悦的事。因此，她得到亲人的一致好评。菊花也觉得表姐非常了不起，心中暗下决心要以表姐为榜样。

但是菊花要学习表姐是有取舍的，比如向表姐学习她爱用功的好习惯，不学习她不爱劳动的坏习惯。

表姐不爱劳动，听舅舅说，有一次叫她把背架子拿到田里背柴，她却不知道背架子怎么放。有一次叫她去割韭菜，她却把酷似韭菜的麦苗割回来了。这些是亲友间都知道的大笑话。大人们以此常常取笑表姐。

菊花觉得父亲常说得对，要在实践中出真知。表姐不认识韭菜，说明她之前就没有去割过韭菜。表姐不会放背架子，说明她就没有背过这种在农村中家家户户都普及的农具，也就说明她没有参与过那类的劳动。

表姐虽然不爱劳动，但她爱学习，学习成绩总是名列前茅。这又使人们在看人的时候，往往只看到对方的闪光点了。正如东坡先生说的：西施那么美，她也有皱眉头的时候；美玉只要质地足够好，椭圆一点也不妨事。

梦梦在菊花家玩，看到球鞋粉，闻了闻，味道挺香的。接下来的几天，梦梦的脸蛋很白，菊花的脸蛋很红。直到同学们戏称，"唱戏的来了"后，她俩的脸才恢复常态。

挨打的日子

欢时易过。当浓浓的年味还在小朋友的心头正盛时，大人们就开始扎温室育秧苗了。

温室是用竹子搭的架子，外面用塑料薄膜盖住，里面放了一排排簸箕，簸箕里放的是在温水里泡得发了芽的稻谷种。温室里有一口装满清水的锅，锅下加柴的灶口却露在外面。大人总是轮班值守在外面，不停地给灶里加柴，以保证温室里的温度控制在合适的度数。大人偶尔进去瞧瞧，但就是不让小孩进去。

越是不让小孩进去的地方，越是让小孩感到神秘。

菊花天天围着温室转，她喜欢透过温室看薄膜上的那一层水珠，也喜欢透过水珠和朦胧的雾气，看簸箕里那一排一排长势整齐的青青小秧苗。那些小秧苗一天比一天密，一天比一天青，一天比一天高，它们的头顶都顶着一颗颗晶莹的水珠。

菊花常会趁着没人注意的时候，用食指和拇指对着满是水珠的薄膜弹一下。霎时，水珠纷纷滑落，滑落后的薄膜上就能看到天然的纹路。她有时会把薄膜当成画板，用食指在薄膜上随心所欲地画一些图画，或者写一些会写会读的字。

她有时也蹲在温室外面看着薄膜上的水珠发生变化。她觉得那种变化简直美妙极了。水温没有起来时，那薄膜是透明的，里面的秧苗清晰可见；水温刚起来，水蒸气像霜一样慢慢地涂在薄膜上，那薄膜就像变厚了似的，里面的景物也变得模糊起来了；随着水温的升高，一粒一粒的水珠就在薄膜上慢慢生成了，它们密密麻麻地把自己圆圆的身体越聚越大，有些挨得近的，就两粒合为一粒了。

这些天然的水晶珠，前一秒还均匀地挂在薄膜上，后一秒突然有一颗珠子终于承受不住自身的重量，就开始滚动起来。当它一开始滚动，顺着它这条直线的水珠子也开始和它融为一体，加入到向下滑动的行列中。这让菊花想起了有一次在操场上，叶老师喊立正时，后面的张大军捣乱，结果自己没有站稳，向前扑去，这下把前排的同学压倒了，前排的同学又把更前一排的同学压倒了，那一条倒地的长龙跟这条流下的水珠何其相似啊。唯一的区别是，水珠是从高处向下流的，人是从后面向前倒的。菊花想说这是一样的，但"高处"和"后面"好像不是一对近义词，她想得出神，最终没想出个所以然来。

菊花趁父亲在温室烧锅时想进去看，父亲却对她说："里面热得很，娃儿不能进去。"

菊花不死心，又跑去求祖母，祖母被缠不过，就带着菊花来到温室旁，对她那正在往温室加柴的儿子说："好奇是孩子的天性，你就带她进去瞧瞧嘛。"

张永安回过头，瞪了女儿一眼，回头跟他的母亲说："妈妈你也真是的，娃儿不懂事，你也不懂事，那里面憋气缺氧，你又不是不知道。"

菊花被父亲一瞪，心里的那股好奇心立即就烟消云散了。说来也真是奇怪，她不怕母亲牟雪华拿棒打，就怕父亲拿眼瞪！

母亲说要打她，总是雷声大雨点小，往往也不是真要打她。如果母亲真到了要动手打她的时候，她只要说几句好听的话，比如承认错误之类的话来，母亲的心就软了，拿在手中的棒就放下了。这个经验是祖母教菊花的，菊花屡试不爽。

对于如何躲过挨打，菊花还是从实践中总结了一些经验。祖母私下教给菊花一条法宝，平时看到打人的树条或毛竹条子之类的东西就悄悄扔进灶膛烧掉，这样大人在找工具打人时就会不了了之。

这个办法真也管用，在菊花"造了几次反"之后，牟雪华最开始说要给以严惩，结果终因没有找到合手的工具而罢终。

但有一次，菊花忘记把窗台上的黄荆条扔进灶膛，就没躲过"爆炒肉丝"的体验。

那是一个星期天，菊花还在床上就听到外面有"保角、保角"的鸟叫声。她一骨碌起了床，因为那是张大荣叫她的暗号。

等她的不止有张大荣，还有张山山。他们打算去小寨旁的石谷子梁梭溜溜玩。

那是一块高度约有十米的斜坡，坡上没有草，全是褐色的像谷子颗粒一样大的小石子。

几个玩伴沉浸在欢乐的游戏中，你追我赶，胆大的张山山竟然把头朝下溜下去。他们在快乐的游戏中忘记了时间，忘记了家人。

当三只猴子灰头土脸回到家时，家人都已四散找了多遍。菊花远远看到母亲那要打雷下雨的脸，不用掐指算也知道即将有大难要临头了，她这才记起窗台上的黄荆条没有被自己消灭掉。都怪她昨晚贪睡，她原本是要在昨晚趁祖母煮猪食时烧掉它，谁知睡过头了。

菊花瞟眼看到祖母在厨房里，便小心谨慎地硬着头皮往家走，她径直走到吃饭的桌子前，心里盘算着祖母常说的在吃饭的时候不许打娃儿，那样吃的饭叫"气食子"。她准备坐在桌子上等祖母给她端饭。却见母亲阴沉着脸径直往窗台边走去。菊花知道大事不妙，抬脚就往外跑，母亲随即反应过来，转身回来抓菊花，菊花一蹲像泥鳅一样溜了出去。

菊花不敢回家，就径直跑出四合院到大姨家去了。大姨家离四合院并不远，就在小寨临河处。大姨是母亲娘家的堂姐，母亲能嫁给父亲全靠大姨做媒。

大姨给菊花洗了脸，抖了灰，煮了鸡蛋和汤圆。菊花吃饱喝足，竟然忘了挨打的事，当她离开大姨家，兴冲冲地跑回家，把两条腿搭到坐着的长条板凳上时，母亲走进来，闩了门，手里拿着的黄荆条，使她不寒而栗！

她这才明白躲得过初一躲不过十五的真正含义。

也就在同一天，张山山、张大荣免不了和菊花有同样的遭遇。

几个小伙伴后来说，可能是大人常说的撞日吧。

先说说张山山。说起张山山还真是冤。早上梭溜溜回家后，本来是要受到责罚的。可是张山山的父亲想到饭后还要叫张山山去扯水田埂，就把那顿打给记下了。

张山山知道气氛不对，饭后跟着父亲乖乖去扯田埂。父亲站在水田里，把扯盘子插进泥里，再慢慢地把稀泥挡在木板上，然后把胸膛抵在扯盘子的扶手上，让张山山在田埂上往上拉。

扯田埂是犁水田必须的，其目的就是把田里的泥扶在田埂上，使田埂加厚，以便蓄住水插水稻。

张山山刚开始的时候没有意见，可是越拉扯盘子，他的心里越不是滋味。他开始怨恨起水田里的父亲来，他默默地想："爸爸也真是的，你讨厌我就明说嘛，何必要变着法子收拾我，光是一个扯盘子就很重了，何况上面还有泥。每次往上扯的时候，你还把胸膛压在上面，这不是明明白白地整人吗！"

张山山越想心里越觉得委屈，他觉得他的父亲这样对待他还不如真给他一顿打来得痛快。

终于，他受不了父亲的"做法"，不声不响地，扔下扯盘子一溜烟跑开了。

他跑到家里，母亲早已去田地里干活儿去了。家里就他一人，他竟然越想越伤心，终于控制不住自己的感情，泪水哗啦啦地流了出来。

他的父亲见儿子一声不吭地扔下手中的活计就跑了，还以为他是处理人生中三急之一急去了。谁知他在水田里一等没来，再等没来……

张山山哭够了，就把扯田埂的事给忘了，他可能是选择性遗忘，反正哭完了，他就跑去耍了，当他的父亲找到他时，就真如了他之前的愿，把他暴打了一顿。

打是要挨的，活也是要干的。张山山后来才知道，扯田埂时水田里的人的确要把胸膛抵在扯盘子的扶手上，其作用就是要增加重力，免得往上拉的人一骨碌就把泥给拉上去，由于泥是稀的，拉得过快泥就顺着挡板滑走了。

唉！得到这知识可真是花了血本啊。要说花血本，张大荣这天挨他父亲的揍可真是一点儿也不冤。说起他的那次挨揍，真是让人有些啼笑皆非。

他回家吃完早饭，独自在椅子上玩拖火车的游戏。正当他玩得正起劲时，突然嗅到一股烟草味儿。他像一只敏捷的猫，循着气味走进了猪圈。

"哈哈哈，爸爸你躲在猪圈里抽烟！"张大荣像发现新大陆似的高兴地大叫起来。

此时张大荣的父亲正在空着的猪圈里蹲厕，一边"吧嗒、吧嗒"地抽着旱烟。听得儿子平空一句嚷起，惊得他忙把大半截烟丢进了粪塘里。

张大荣的父亲提起裤子说："娃儿，你莫给你妈说，我就只吸了一口。"

张大荣正想着母亲给他许诺的好事，只要抓住他父亲抽一次烟，就奖他一顿韭菜馅饺子。

张大荣一想到韭菜馅饺子，胃里的馋虫就开始骨碌骨碌往上爬了。听到父亲叫他莫去告状，看到他父亲那副可怜样，他不忍心告他父亲的状了。

"好，这次不告，不准再犯！"张大荣拿出叶老师教育犯了错误的学生那样的腔调对他父亲说。

他父亲临出门时给了张大荣一封麻糖，可把张大荣给乐坏了。他明明就感觉出了他父亲在收买他似的。他甚至还在心里想，韭菜馅的饺子好吃，这麻糖的味道也真让人着迷啊。

那天晚上，张大荣还是告了他父亲的状。在接下来的两天里，张大荣的母亲都没有理他父亲，不跟他说话，睡觉时他母亲就趁早把门闩了，他父亲只得跟张大荣睡。

张大荣后来说，他其实不是有意告他父亲的状，主要是心里装了小秘密不自在，就像一口痰哽在喉间，老是想着要一吐为快。

他是吐了秘密，心里愉快了，却苦了他父亲。他母亲为了丈夫能戒掉烟，不知费了多少口舌，下了多少决心。真正是嘴皮都说薄了。

父亲戒不戒烟，跟张大荣没半毛钱的关系，他才不管这些。但在那天晚上，他父亲把他的这种墙头草行为狠狠地批评了一顿，在赏了他一记响亮的耳光后，他才真正地认识到自己错了，心里惭愧极了。

后来，他又为自己找了一个光明正大的理由，他说知道自己告父亲的状不对，但他不希望父亲抽烟，那样对父亲身体不好。

这个能说会道的张大荣，总算给自己找了个理由。

撞鬼

六月的太阳透过屋上的烂瓦射下一束光来，灰尘在光束里聚集、舞蹈。菊花醒了，是被院子里的二伯叫醒的。

"菊花耶，盆里的螃蟹又在等你了哟。"

她环顾四周，祖母和姐姐早已起了床。她竟然不知道，但她已习以为常了，谁叫她是家庭里最小的呢，她有这个多睡一会儿觉的特权。她的体质差，容易感冒。如果只是单纯感冒还是小事，关键是一旦感冒了还要哮喘，像猫那样"呼哧呼哧"地喘气。

家里有个像暖水瓶那么大的甜面酱桶。这也是菊花的特权，每到菊花不想吃饭时，祖母就把挂在墙上的甜面酱桶拿下来，用最小的汤勺，伸进去，掏满勺出来，然后把勺子在桶沿轻轻抖动，直到把勺子里的甜面酱抖掉一半，才放到菊花面前。菊花则心安理得地把筷子尖在酱上轻轻一蘸，然后美滋滋地放在口中吮吸着带有酱味的筷子，再吃一口饭。每每这个时候，祖母就要把桂花喊出去，悄悄地对桂花说："你是姐姐，别与妹妹争，她身子不好，吃不下饭。"

因为经常生病，家里人总是给菊花穿得厚厚的，生怕她着凉了。就算是夏天，也会给她穿件棉布褂子。大人们常说，身上要沾点棉花才保暖。好像在他们的认知里，只有风寒感冒，而没有风热感冒似的。他们不知道：捂，也会捂出病来的。菊花当然更不知道这些。她每天穿得厚厚的，又爱动，一动就热，一动就出汗，一热就咳个不停，喘个不停。汗一出又把背上的衣服打湿了，家里人就又给她在背心处垫上一条毛巾，这样方便把打湿的衣服捂干，可一动就更热了。

是的，她惦记着木盆里的螃蟹，虽然因为昨天去捉螃蟹挨了母亲的骂。虽然因为昨天去捉螃蟹又有些着凉，呼吸又困难了。

二伯明显是在戏谑她昨天挨骂的事，但她明显已经不记在心上了。她和姐姐每天都在挨母亲的骂，挨骂不像她挨父亲的板子，会使肉疼痛。挨骂是家常便饭，记着有什么意思，还是螃蟹让她挂心。

她摸索着穿好衣服，趿着鞋子就跑出来看螃蟹了。螃蟹正在盆沿边往上爬，像是要爬上城墙的战士。勇气可嘉，但现实很残酷，它不得不围着木盆横着跑，一圈、两圈……

菊花悬着的心放了下来，拖着长长的鞋带就跑到厨房。

正在做饭的祖母看着自己起床的菊花感到既惊讶，又好奇。叫小孙女起床穿衣可一直是她承包了的，没想到两只螃蟹就让她自己穿衣了。

她被祖母抱在怀里，系好了鞋带。拿着祖母给她的一小块麻糖又去陪螃蟹了。

菊花今天也撞鬼了。

撞鬼了这词是祖母常挂在嘴边的一个词。这位老人怪得很，菊花才记事起，她就是位老人，到后来菊花快奔四十的时候，她还是一位老人。谁要是无故惹了她，"撞鬼"这词就是她口中的武器。她这样说好像别人就是鬼似的。其实也不怪她，她本是心地善良的人，不会骂人。生气时候怼别人要说："真是撞鬼了！"心情不好遇到不顺心的事情时，她要说"撞鬼了"，遇到不能理解的事情时，她更要说那三个字。

菊花说的撞鬼了，是今天接二连三发生的事让她丈二和尚——摸不着头脑。

最先给她说事的是同学张玲玲。

上午第一节课下课的时候，张玲玲神秘分分地把嘴巴凑到菊花耳朵边，悄声说："你裤子穿反了。"

菊花闻言面红耳赤，在大庭广众之下，她都不好意思立即低头证实一下裤子是不是穿反了，而是像风一样地跑到家里，才发现她的裤子没有穿反，是对的。

"好个玲女子，敢捉弄我！"菊花回到教室暗暗地想。

可是到了第二节课下课的时候，寿娃子聚了三个男生在一起悄悄地看着菊花笑。菊花总觉得那些笑是针对她的，那些笑里藏着无形的刀子，但是又不知道怎样躲避。

在第三节课间，张大荣给菊花写了一张字条，上面四个歪歪扭扭的字：裤子反了。其中裤子的裤还用的是拼音。看到这个字条，菊花不用想就知道，是寿娃子他们在笑她裤子穿反了。

菊花不止一次地看裤子的里和面。她怎么想都想不明白，明明裤子里是里，面是面，可那些瓜娃子一个两个偏要说她裤子穿反了。这个问题，怎么都让菊花弄不明白，总觉得是自己哪里出了问题，可是她又找不到问题出在哪儿。直到后来，她才恍然大悟，原来穿反了不是指里外反了，而是前后反了。

切切！里外反了才是面子上的问题嘛。前后反了只是不方便往裤兜里装东西嘛，我又没东西往裤兜里装。这些好事的人，真是太平洋的警察，管得宽，菊花想。

下午，菊花又撞着了一件怪事。

操场上的杨柳由青变绿了。树上的蝉音嘹亮。这些蝉有着强大的内心动力，这种动力驱使它们夏练三伏。这些天才们还知道如何使歌声悠扬婉转。听吧，它们正在烈日下时而低沉，时而高亢地大合奏呢！

菊花听父亲说过一句诗："零岁的老蝉教零岁的幼蝉唱歌"，意思是蝉的寿命短，但蝉是非常珍惜时光的，虽然它们的一生非常短暂，但正是因为短暂，它们才努力地歌唱生活，活出自我，活出永恒。

父亲还说，蝉是非常团结的，它们的家风特别优良，别看它们生命短暂，它们一出生就努力学习唱歌的本领，那可是它们传承、延续下去的骄傲。

午饭后，叶老师穿着一件后背烂了两个洞的白背心，心急火燎地从寝室里跑出来，手上拿着一把用细斑竹条子做的长扫帚，去捅柳树上的蝉，看他那神色，像是与蝉有世仇似的。

是有仇，深仇！

这些歌唱家也太自以为是了，总是在中午最燥热的时候聒噪个不停，虽然它们想尽最大的努力使歌声更加高亢，更加悠扬。如果它们会选时间，选在晚上青蛙开始打鼓的时候就对了。

蝉有自己的小聪明。它们知道，这里的主人，每天一早来，下午放学了要同儿子一起回家。它们想极力地讨好这里的主人，想在他上课之余休息之时给他唱歌。可是无论它们怎么卖力地演唱，却总是不能赢得主人的欢心。

只有它们的外衣，一个半透明的壳，是孩子们喜欢的东西，他们常常在操场边的草丛中、树干上，寻找它们脱下的衣服。

听大人说这是一种中药，但能用来做什么，他们也不知道。

孩子们喜欢蝉，更甚于喜欢它的外衣。他们对外衣只是一种好奇，就像吃饭一样，吃饱了，就不会再对它们产生兴趣了。而对蝉本身就不一样了。他们常常捉蝉，还比拼谁捉的多，那些在树干低处一些的蝉可要小心了，因为随时都有虎视眈眈的眼睛在盯着它们呢。

叶老师正在卖力地用扫帚捅树干，这些厚脸皮的家伙从这棵树飞到那棵树上，又不休不止地唱起来。叶老师烦透了这种——无休无止、单调枯燥的叫声。他讨厌的还有一个原因是他最近每天晚上老是失眠，本想在中午的时候补一会儿觉，却总被蝉声搅扰得心神不宁。

叶老师徒劳地把扫帚扔到一边，重重地关上寝室的门，像是在与蝉斗气似的，又像是与公公斗了嘴的媳妇，回到自己的房间把门"啪"的一声关上一样。

这些吃力不讨好的音乐家们，不用其他乐器辅助，齐心协力地用原生态的方式为这座乡村校园讴歌。对五音不全的孩子们来说，他们可是身在福中不知福啊。

可怜的叶老师哟，整个夏天的午休可就泡汤了。不管他喜不喜欢，他都要被动地接受这些坚持不懈的歌唱家。可惜这教室的设施简陋，要是有隔音材料多好。

菊花吃完饭就跑教室来了，姐姐桂花则在家里洗碗，洗碗是桂花承包了的。

教室里已有十来个同学，有的正在当叶老师的乖乖学生，趴在桌子上睡午觉。张大军那半张的嘴就像教室外面的浸水沟一样，在课桌上流了一摊口水，那口水正顺着课桌往下滴。其他的同学们分男女两组在教室里玩，男一组在教室的后角扇烟盒纸，女一组在教室的另一边做石头剪刀布的游戏赢糖纸。

他们都不说话，笑都是悄悄地笑。这是叶老师规定的：中午不睡觉的，也不准闹，不能影响到睡觉的同学。要是被专门负责抓不守纪律的人记下了，可是要挨板子的。

菊花把包里花花绿绿的糖纸拿出来，也加入到女一组。

正当她们玩得起劲时，突见教室外有人在跑动，那跑动的影子像一股香风，吸引了教室里正在玩耍的伙伴。男生们陆续从教室后门出去了，女生们也散了伙，跑到外面来看热闹。

菊花一看，真不得了。

姐姐班上那个国娃子，不是正在追姐姐吗！

只见姐姐满头冒汗，在太阳底下快速地跑着。后面的国娃子，像只盯准了猎物的猎狗一样，姐姐跑到哪里，他就追到哪里。

看样子，姐姐被追上，肯定要吃亏！

太阳当空照着，姐姐脸上憋得通红，可是她一刻也不敢停下脚步。后面的国娃子脸上露出吃定了姐姐的阴险笑容。旁边的学生一边看，一边小声地喊着加油，也不知是在为谁呐喊。

此时的菊花，心都急到嗓子眼了！她不能眼睁睁地看着姐姐吃亏，虽然姐姐也时常欺负她，但在关键时刻，她的矛头还是指向外面的。

这时，她想为姐姐找救兵，找谁呢？大脑快速地运转一圈后，她想到了在寝室休息的叶老师。

"叶老师，叶老师，国娃子欺负我姐！"菊花敲响了叶老师寝室的门。

可怜的叶老师，好不容易刚刚睡着，门就被菊花拍得啪啪响。

这天，叶老师的处罚怪得离奇，国娃子、桂花、菊花全部被罚站在操场上晒太阳。

菊花感到自己成了冤大头，但看到身旁的姐姐，就冲她一笑，那笑里有想要邀功的意思。那笑里好像在说："看嘛，我可是为了你而被罚的站；看嘛，如果不是我告诉叶老师，国娃子不知要怎么欺负你呢。"

没有想到，当菊花以抿嘴笑报以桂花时，桂花却对她怒目而视。

天啦，桂花那犀利的眼神，像一把锋利的刀子一样，插在菊花的心上，刀刃上泛着白森森的寒光，使菊花的身体瞬间冰冷。

菊花的心灵受伤了，菊花的大脑发懵了。

叶老师不该这样对我！

姐姐也不该这样对我，她不应该这样对我呀。菊花想，这肯定是撞鬼了，不是我撞了鬼，就是他们撞了鬼！

丢失的笔

　　年终了，镇上要来一次统一考试，了解各片区的教学情况。小寨在全乡十八个片区中获得了第三名。叶老师一高兴，就给每位同学奖励了两个作业本，这两个作业本的封面都印着红红的"奖"字，孩子们都舍不得用。叶老师得到的奖品则是一支特殊的讲课笔。这支笔像根缩小版的钓竿，一节一节地抽出来，在讲课时就可以轻易地指向黑板上任意一个位置了。

　　整个下午，菊花的心都没有注意到黑板的字上。她的眼神就是那支笔最忠实的跟班。叶老师把笔晃到哪里，她的眼睛就看到哪里。其实不光是她，就是整个高年级的学生，他们也没有见过那么漂亮的笔。那笔最下面的一节里，装上了一根细细的笔芯，写出来的字比铅笔字、比普通的圆珠笔字漂亮多了！那字写出来不是黑色，而是红色的，那种红好像比老师平时蘸在红墨水瓶里的红写出来还要细，还要好看。天啦，她多想自己也有一支叶老师那样的笔！

　　当天晚上，菊花梦到自己得到了一支叶老师那样的笔。

　　第二天上课时，叶老师的讲课笔就不见了。听说昨天放学时是夹在教科书里的。

自此后，菊花就再也没有见到过叶老师的那支笔。但她内心非常自责。她在想，肯定是那天晚上她在梦中真把那支笔偷走了。如果没有，为什么那晚她在梦里拥有了笔，而叶老师却丢了笔呢？

有好些天，菊花认为自己就是那个小偷。她想从梦里把那支笔找出来，拿回来，偷偷还给叶老师。可是无论她每天多早睡觉，晚上还是没有做关于找笔的梦。

这天晚上，菊花又要早早地睡觉，却见母亲提着两只死鸡走到厨房。

"我们要吃鸡？"

菊花跟了上去，问她母亲。她看上了鸡脖子上的羽毛。她不是正缺一个毽子吗！

"药死的！"母亲没好气地答道。

被药死的不是三伯母家的鸡吗？菊花想起了下午上课时，三伯母在教室外骂人的声音。她的声音中气十足，有一句没一句地骂那撒药的人，她可是骂了整整的一个下午。

听人骂架，在这里是再正常不过的。如果要讲骂得好的，骂得有水平的，在整个四合院，可要数三伯母了。她骂人总是有章有节。先从对方的本人骂起，再到对方的儿子、孙子，再到对方的祖宗十八代，一轮骂完了，又回到开始，声音有停有顿，有快有慢，有高有低。富有节奏啊！不断地花样翻新啊！

菊花听出来了，是稻田边撒了有毒药的麦子，把三伯母家的鸡毒死了。

"可是被毒死的不是三伯母家的鸡吗？"桂花问出了菊花正在想的问题。

祖母在灶上烧热水，叹了一口气说："不光有三伯母家的，也有咱家的两只。不知哪家的瘟丧狗把鸡笼子打开了，让我们的鸡也飞出去了，别人把毒麦子撒在自家田埂上的，鸡被毒死了只能吃哑巴亏。"

"我们家就两只母鸡，我们以后的学费没有了。"菊花说。

是啊，就两只母鸡，每次听到鸡叫，菊花就跑到鸡窝里去捡蛋，她知道鸡蛋好吃，但她不能吃，最多把热乎乎的鸡蛋在手里玩一会儿，在脸上贴一会儿。这蛋是要卖了给她和姐姐交学费的，所以她不但不能吃，就连想都不能想。

其实说想都不能想这话完全是假的。之前，菊花为了能吃上鸡蛋，就老是假装牙齿痛。因为她有一次真的牙齿痛，祖母就用大黄叶子煮鸡蛋给她吃。后来，她想吃鸡蛋了，就老是对祖母说牙齿痛。其实，她哪里知道，这个怪招对大人偶尔使一两次起作用，如果经常使用，不但要露馅，而且也不灵了。

这下鸡没了，菊花头一次想到学费的问题。

这天晚上，菊花和桂花各得了一个漂亮的毽子。

毽子的底座是用两枚铜钱做的，祖母用布条把铜钱缠上，把提前缠好的羽毛插在铜钱的孔里。菊花拿着心爱的毽子，心里别提有多高兴了。

菊花有了新欢毽子，兴奋得睡不着觉，就留在厨房看祖母和母亲收拾鸡。只见她们把鸡的内脏撩开，祖母坚持说被毒死的鸡不能要内脏，母亲则说弄干净泡在水里，泡上一天就没毒了。

最后，菊花看到母亲正把鸡内脏往一个大水盆里泡。

菊花原以为晚上还能吃到鸡肉，没想到她们弄干净后，压根没准备煮。

祖母在鸡身上撒下了厚厚一层盐，说要把鸡腌起来以后慢慢吃。

菊花见吃鸡无望，就回到屋里准备睡觉，却见姐姐睡得正香。

姐姐的睡姿是令菊花羡幕嫉妒恨的。她总是两脚并拢，面朝上，两手放在胸前，头放在枕头中间，睫毛微微上翘，面带微笑，脸色宁静，活脱脱一个睡美人。

菊花轻咬嘴唇，把姐姐的睡姿盯了半响。她把手中的毽子放在床角，把姐姐的脚轻轻地一只向左一只向右弯起。做完这一切后，她满意地一笑，然后跑到厨房去了。

厨房的祖母正把鸡毛架在火上烧掉，说是家丑不外扬。菊花不等祖母把鸡毛烧完，就拖着她往卧室赶。

她是告状来的。她告姐姐睡觉时，脚也不老实。

菊花睡觉的样子像狗睡觉一样，总是蜷成一坨，经常因睡觉姿势而被祖母拎大腿，叫她把背伸直，脚伸直睡。祖母经常夸姐姐桂花睡觉的姿势好看。一听到祖母夸姐姐桂花，菊花心里就不是滋味。今晚，菊花看到姐姐睡觉的样子，她就吃醋了，而且醋意特浓。

她要抓住这个机会，让祖母以后不能再夸姐姐睡觉的样子好看！可是她失败了！

不知道是桂花有意捉弄她，还是习惯使然，反正祖母被菊花拖到床前时，桂花又变回了之前睡美人的姿势。还好菊花只是叫祖母来看，并没有告诉祖母来看什么。

祖母问菊花："你疯疯癫癫地拉我来看什么？"

"老鼠，刚才有只老鼠在姐姐脸上！"菊花指着姐姐的脸说。

祖母把菊花外衣脱掉，把她抱到床上，说："你个古灵精，你又不怕老鼠，是想我来帮你脱衣服吧！"

菊花嘿嘿地笑了。

得理且饶人

冬天的一个早上，牟雪华早早地叫起菊花："娃，起来，今天没有露水，我们去柴山捡松毛回来做引火柴。"

母女俩来到柴山，牟雪华在水田边停下。她发现水田旁的一棵桐子树被风吹倒了。

牟雪华喃喃自语："还好，我带了弯刀。"

牟雪华临时改了主意，不再去捡松毛，而是准备把倒地的桐子树收拾回去。至于菊花的背篓嘛，可想而知也不是很大的，那是张永安为了满足女儿的好奇心，在屋后砍了竹子，花了整整一天时间，专门为她编的一个偏小版背篓。

这个背篓只有大人背篓的四分之一大。牟雪华出门带着女儿是怕她醒来后跟男孩子去疯玩。冬天穿得多，小孩子没有节制，一玩起来背就容易出汗，汗水浸湿里面的贴身衣服后就容易着凉。菊花从小就有支气管炎的毛病，她得用心防着些。最好的办法就是干活时把娃带在身边。

菊花来到山上高兴极了，她总是能发现很多有趣的东西，比如观看一只迷路的蚂蚁是如何回到大部队的。她时而变成淘气鬼，用石块或泥土为蚂蚁设置路障；时而给整齐有序的队伍来个突然袭击，兴灾乐祸地看着那些惊慌失措的蚂蚁而开心；时而又充当好心的引路人，把迷路的蚂蚁引上提前就准备好的树枝，然后把树枝放在蚂蚁群的附近。

那些伸出两根天线的蜗牛也很可爱，但它们的警惕性总是很强，也非常胆小。一旦感觉到有人接近它们，它们就躲进随身拖着的房子里不再出来。菊花常常跟它们比耐心，而那些精明的蜗牛就算躲在房子里也能知道外面的情况，往往是蜗牛没有伸出头来，菊花就等得不耐烦了，或是被其他的新鲜事儿给吸引走了。

如果幸运的话，菊花还能发现一个空蜂包。这是冬天，蜂子早就飞走了。如果是春天的话，她是不敢去招惹的。蜂包的外观是圆锥形，里面的小房间都是圆的，房间与房间只隔着薄薄的一层"墙"。菊花惊诧蜂子的这种造房艺术，往往收获一个空蜂巢她就如获珍宝一样珍藏起来。

这就如同她不忍破坏音乐家蛐蛐的洞穴一样，蛐蛐的造房技术也让菊花着迷。它那小小的身子，却能把它的宫殿建在很深的地下，你看它把地下通道粉刷得多么光滑啊。每到夏天，它坐在舒适的宫殿里放声歌唱，不知迷倒了多少听众呢。

这些在低矮的树丛间结巢的蜂应该是土蜂一类。它们的巢也就拳头大小。在蜂巢的上面，那个圆锥形的顶尖处，有一节细小而坚固的连接处，上面一头粘在树枝上，下面就是坠着的蜂巢。这样的设计是多么智慧啊，如果有雨水，也只会从外面流走，而不会进入蜂巢内部。最让菊花想不通的是，在顶端和树枝的粘接处，这些蜂到底使用了什么宝贝才使得它们粘得这样牢固呢？

菊花听说大田边野生的刺角种子里面有黏液可以当胶水，

她曾经等那些刺角快成熟时去弄了许多回来，当她剥开后，发现那只是一个传说，根本就没有黏性。

而这些天才的蜂，它们建造屋子时，又是使用了什么材料呢？它们的世界里是不是也有老师之类的职业或有学校这样专门的知识传授部门或场所呢。如果它们要交钱学知识，它们的钱会不会是一朵花或采回来的花粉呢？

还有那马蜂窝。马蜂窝都是结在高高的树干上，它们的窝是土蜂窝大小的几十倍不等，对菊花来说，那可是空中阁楼啊。

菊花曾经被土蜂蜇过。那是一个阳光明媚的上午，春暖花开，田野里到处弥漫着各种花粉的混合香味。她先是追逐一只蝴蝶，后来被一只正在豌豆花上采花粉的土蜂吸引住了。

那是一只非常漂亮的土蜂，它的翅膀和腹部黑得发亮，中间还有浅黄色的纹路。它的两只眼睛嵌在玻璃珠似的头上。两只后腿上沾满了花粉。这是一只体形健壮的土蜂，它正在勤劳地工作着，嘴里还哼着自家编的小曲儿。

菊花被它迷住了，想到如果捉住它的翅膀就能同它一起玩耍了。她轻轻地、轻轻地凑上前，小手一伸，真的就把土蜂的翅膀给捏在食指和拇指中间了。

就在她高兴地要把这个宠物带去给张大荣分享时，只见土蜂把腹部一缩一弯，再用屁股向菊花拇指上一推，菊花突然感到拇指上像扎了根针进去似的难受。就在菊花的一惊慌间，土蜂留下它的武器瞬间飞走了。

手指越来越疼，菊花哭着去寻求祖母的帮助。

当祖母把土蜂留下的那根比绣花针还细的武器拔出来时，菊花就更佩服这些勇士了，原来它们随时都带着武器在世界上闯荡啊。

"像这样的武器,它的腹里能藏多少根呢?"菊花问祖母。

祖母说:"蜂儿是仗剑走天下,剑在蜂在,剑失蜂亡。"

刹那间,菊花的手指就不痛了,转而变成了心痛,为那只失了剑的蜂而心痛。

菊花正在玩一种灰泡菌,这种菌就像一颗颗小圆球,但只要用力一挤,圆球一破,里面就有发霉的灰飞出来。

"田边的树就是你家的,田边的柴山是不是你家的?"菊花被母亲的话给打断了兴趣。

回头一看,母亲正在田边跟彭妈争吵着什么。

彭妈是大个子女人,有着男人啤酒肚那样的腰。她站在母亲的面前,双手叉腰地斥问母亲:"这树长在我田边,年年挡着我的收成,你凭啥来收?"

菊花看到体形弱小的母亲站在彭妈的面前,就像一只羊站在高大的骆驼脚下一样。

菊花听到母亲好脾气地说:"彭嫂,你说这话就不对了,哪有树不遮蔽庄稼的,不能因为遮了庄稼就说树是你家的吧。何况这树也被你家哥子剔得只剩下树桩了,我从来就没有抱怨过,以前剔的柴,我也没有收过。"

彭妈仗着自身的优势,发出像公牛一样的号叫:"我不得跟你讲理,年年我砍树枝的时候,你都没说柴是你家的,今天树倒了,你就说是你家的了,哪个看到这树是你左手栽的还是右手栽的?"彭妈边说边去倒母亲背篓里的柴。

菊花见母亲立即扔下手中的弯刀,就去按背篓。两人一扯一拉中,母亲被彭妈推进了水田里。

母亲倒向水田,但就在她稳不住身子之际,慌乱中攥住了彭妈的衣服。彭妈也跟着"扑通"一声溜进了水田里。

　　两个女人就顺势在水田里干起架来。菊花见状，跑到田埂上边哭边骂："你个老女人，你个坏女人，你个死女人，你抢我家的柴。"

　　母亲虽然体形瘦小，却也不甘示弱。她明显地在水田里占了上风，竟然在对峙中还教育菊花："快回去，大人打架，不关娃儿的事，不能骂人。"

　　菊花哭哭啼啼地跑回家了，她想回去搬救兵。

　　祖母请队长出面了，队长说服了彭妈。牟雪华在收拾柴的时候，孙莲芳对牟雪华说："给她留一背篓树枝吧，我家少一背篓不得穷，她家多一背篓不得富。"

　　牟雪华真给彭妈家留了一背篓柴。这让菊花很是想不通。

　　张永安回家了，菊花上前告状："彭妈不是好人，抢我家的柴，打我妈妈，还把妈妈推进水田里。祖母偏心，向着外人，把自家的柴送给外人。"

　　张永安变魔术似的从衣服包里掏出一把干红苕丝递给菊花，用手指头戳着菊花的额头说："傻瓜，你再长大些就明白了，这叫有理且饶人。"

父母的秘密

当院坝的蘑菇养料堆被移到房间的架上时，整个院坝就突然间变得宽阔起来。四合院的孩子们又恢复了占领别人领土的游戏来。

这个游戏就是以正堂的两根柱子为两组队员各自的领地，双方队员在同一时间出发，经过同样多的路程，先到达对方的柱子者为胜。

孩子们总是喜欢直线行走，在两根柱子间相向而跑，当手摸到对方的柱子时，对方的柱子就是自己的领地了。把敌人的领地变成自己的领地后，又要马不停蹄地去夺回原先属于自己的领地。

在那个年代，孩子们需要这样的游戏来打发时间，来促进骨骼的生长，来刺激大脑的发育，来保证身体的代谢。生命在于运动，愿运动生生不息，愿生命之花永远朝气蓬勃。

但是孩子们想不到，玩这个游戏得适可而止，不能太投入。如果太投入，他们的游戏就变成围着两根柱子绕圈圈了。单纯的绕圈圈对他们是没有任何影响的，关键是他们为了更多次数地、更早地占领别人的领地，就会绕着绕着把自己给绕晕了。

菊花就是这样。在与张大荣、叶军林和张山山的游戏中，她就绕晕了头，一个倒栽葱摔到了地上，做了一个非常标准的"猪啃土"示范。头转晕了，嘴皮摔破了，哭哭啼啼的菊花被祖母抱到床上休息去了。

菊花醒来时是在半夜。她下午睡得早，没有吃晚饭，醒来后的她感到一阵饿意传来。卧室的房门大开着，从门里透进清冷的月光。在菊花的心里，睡觉跟关门是联系在一起的。关门就意味着关闭黑夜，关闭白天的路。她揉揉眼睛，正要跟祖母撒娇要吃的，却发现祖母没在床上。

她轻手轻脚地从床上溜下来，绕过姐姐的床。出了卧室，她才发现天空是如此漂亮。这是她有记忆以来第一次赏月吧，虽然那天不是中秋节。

天空中镶满了亮晶晶的星星。她专注地看星星的时候，感觉到星星在对她一下一下地眨着眼睛。皎洁的月亮像一颗透明的水晶球，徐徐地向西边移动，水晶球内的桂花树和嫦娥仙子隐约可见。

夜，是幽静的，是宁静的，是安静的。菊花独自在院坝里仰望星空，想着大人们常讲的七仙女以及天上诸仙的故事。她深情地望着天空，想象着自己如果也有一双翅膀该有多好啊，想着自己如果也有齐天大圣的本事该有多好啊，上天入地，无所不能！

天宇浩瀚，令她向往，令她着迷。她好像看到月盘里树脚下的小白兔，也看到伐树的吴刚。她希望能遇到祖母经常讲的开天门的情形。那时，天上的满堂菩萨将齐齐登场，齐齐亮相。那时，整个天空将金碧辉煌，整个天空将佛光笼罩，瑞彩纷呈。玉皇大帝和王母娘娘头上的流苏将遮去他们的半张脸；观音菩萨的柳枝正在向人间抛洒甘露；财神菩萨的大金元宝光彩熠熠；
笑面佛弥勒菩萨的耳坠一定齐肩；脚踏风火轮的哪吒在空中飞
旋；三只眼的二郎神牵着他的哮天犬；还有雷公电母，还有四
海龙王，还有白龙马、沙僧……

　　一阵冷风吹来，菊花不禁打了个寒战。她收回思绪，转身
回屋，准备去厨房找吃的。

　　厨房的门竟然虚掩着。菊花觉得诧异，好奇之余，她侧着
身溜进了房间。

　　一束微弱的煤油灯光在灶台上摇曳，像随时都要结束它的
工作似的。菊花感觉到灶后有人，就悄悄地溜到灶下。

　　这时，从灶后传来几声轻微的哼哼声。随即听到母亲小声
地哄婴儿的声音："宝宝乖，宝宝懂事，宝宝不闹，闹醒了别人，
宝宝就没好日子过了。"

　　菊花感到丈二和尚——摸不着头脑。母亲在哄宝宝？谁是
宝宝，哪里来的宝宝？为什么宝宝没好日子过？

　　此时的菊花早已忘记了饥饿，一心想着母亲刚才的话。

　　"幺妹，为了能保住这个孩子，真是辛苦你了。你的恩我
们会还你的。"灶口又传出母亲的话来。

　　这时另一个声音传了过来："嫂子，你放心吧，我保证把
孩子给你带好，等到政策宽松了，就让他回来。"菊花终于听
清楚了，说话的正是嫁到山对面的小姑。

　　从小姑与母亲的对话中，菊花隐约地知道了，她的母亲正
抱着一个弟弟，而这个弟弟就是大人们平时所说的"黑娃儿"。
所谓的"黑娃儿"，就是计划生育政策中超生多生的小孩，这
类小孩是入不了户籍的。

　　"他是老天爷眷顾我，给我留下来的。所以，再苦再难，

我也要把他带大。"

菊花冷得慌，只好悄悄地从厨房退了出来。她见母亲睡觉的房间也亮着灯，就径直走到母亲的房间去了。

一到门口的菊花把祖母孙莲芳吓了一跳。祖母显然没有想到菊花会在这个时候出现在门口。她心里先是一惊，然后上前把菊花抱了起来。

"夜猫子，怎么不睡觉？"

"饿，我饿。"菊花搂着祖母的脖子，把自己冰凉的脸蛋贴在祖母的脸上说。

"去灶房找吃的了没？"祖母又问。

菊花感觉到祖母的话有些深意，就答道："没去。"

祖母把菊花放到母亲的床上，把被子扯过来，盖在菊花的身上，只露出个脑袋。

"祖母，祖母，你为什么要弄那个小小的衣服？"菊花问祖母。

"这是你小时候穿的，祖母拿出来，看看你还能不能穿。"祖母边说边把小衣服装进箱子里去了。

看着祖母把那小得不能再小的衣服放进箱子，菊花什么也没说，她的注意力很快就随着祖母的手而转移开了。祖母关上装衣服的大箱子，随即又打开放在床头的箱子来。她把箱盖打开一条缝，一双手伸进箱里摸索着。菊花听到从箱子里发出细微的沙沙声，她期待地、深情地望着祖母的手。

菊花太熟悉那声音了，每次听到那声音时，那声音都不会辜负她。果然，在一阵沙沙声后，祖母的手中多出一个冰糖饼子来。祖母把饼子放到菊花的手上，慈祥地说："吃吧，我去给你倒开水。"

菊花是聪明的，她通过祖母每次给她拿饼子而得到一套完整的理论。如果祖母的手在箱子里摸索，说明里面至少不止一个饼子。如果只剩下一个饼子，祖母的动作反而要利索得多。她看着祖母的手在箱子里摸索，听到沙沙声，心里就有说不出的高兴，这就说明里面还有饼子。祖母在里面摸索，就是先把饼子从一筒里取出一个来，又要把剩下的饼子用外面的包装密封好。

菊花看着祖母走开，觉得祖母的步伐和语气都有些神神秘秘，就连晚上的空气也变得神秘起来，还有屋里的一个背婴儿的背篓也透着神秘的气息。

祖母很快就回来了，菊花吃了饼子喝了温开水，祖母就要抱菊花去睡觉。菊花撒起娇来："你不去睡，我也不睡。"

祖母拿她没办法，就坐在床沿偎在她身边哄她睡觉。菊花的睡眠早已得到充分的保障，精神食粮和物质食粮都已满足。刚刚获悉了家庭秘密的她又怎能说睡就睡了呢。

她背过身去，闭上眼睑，乖巧地佯装入睡，成功地取得了祖母的信任。

那晚的菊花，听着望风的父亲从屋后回来，听着母亲把小姑及婴儿送走；听着小姑走后，母亲的哭声；听着祖母劝母亲不要哭，不要吵醒床上的她……

那天晚上之后，菊花总是爱做一个同样的梦，梦见一个像洋娃娃一样的小男孩跟她玩……

虎妞

菊花的小姑没隔几天又来了。她光明正大地来了，同时带来了虎妞——她的那个比菊花小的傻儿子。

菊花正好放二年级寒假。孙莲芳叫菊花带着虎妞去玩，可是这个虎妞也怪得很，感觉他对什么都不感兴趣。菊花拉着他的手，把他拉到张大荣家。他就像一个布娃娃似的，放到哪里他就定在哪里。紧闭着嘴唇，一动不动地看着菊花和张大荣玩。

过了一会儿，菊花发现虎妞的眼睛一动不动地盯着正前方。刚开始的时候，张大荣还以为那墙上有什么东西呢，顺着他望着的地方看去，墙上挂了一件衣服之外什么也没有。

"虎妞，虎妞，你在想什么，干吗不说话？"张大荣走到虎妞的身边，轻轻地推了推虎妞的身子问。

虎妞却"哇"的一声哭起来了。

菊花见状，又将虎妞牵了回去。

菊花把虎妞牵回家，对祖母报怨："虎妞连玩都不会，只知道哭。"

孙莲芳把菊花和虎妞拉到身边，什么话都没说。菊花感到诧异，仰起脑袋去看祖母，却见祖母的眼圈红红的，像是刚刚哭过一样。

菊花突然间不知所措起来，她怔怔地望着祖母。

孙莲芳见菊花望着她，就叹了一声气，摸着菊花的脸蛋说："花儿啊，不是虎妞不知道玩，而是他得了一种病，而这种病的药引子就是爱心和耐心呀。所以，虎妞在我们家的这段日子里，你要像个好姐姐，把虎妞照顾好。"

菊花似懂非懂地点了点头。自听了祖母的话后，菊花果然处处维护虎妞。后来虎妞寄居在她家上学，菊花也从不嫌弃虎妞语言表达不清晰，不完整，没有条理性和逻辑性。无论在四合院还是在学校，菊花都严令禁止别的同学笑话虎妞。

后来父亲张永安告诉菊花，虎妞得的是一种叫阿斯伯格综合症的怪病。就是大脑反应迟钝，语言上也不能完全表达自己的意思，四肢也不协调。

听了父亲的话，菊花认真地观察起虎妞来，果然如父亲说的那样，虎妞走路是连着跳的，他认识的字很少，几乎不看书。叶老师几乎不抽他回答问题。他的抽象思维能力弱，计算能力也差，对周围的环境几乎不感兴趣，也不愿与外界交流，而且还特别爱发脾气。

虎妞只对某些事物感兴趣，并表现出特别的依恋。开春后，虎妞被寄居在菊花家读一年级。张大军捉弄放学后的虎妞，用叶老师的粉笔头在地板上画个圆圈，把他圈在里面。

"你不能走出这个圈，走出去就会挨揍，就会吃板子。"画好圈的张大军警告虎妞。

虎妞很听话很配合，天黑定了，也不见他从圆圈里走出去。他似乎并不是怕挨打，反而是觉得待在圆圈里更有安全感。第一次虎妞被家人从圆圈里接回去，第二天放学后虎妞又自己跑到那个圆圈里去了，害得菊花的二伯第一次伸手教育了他的这个养子。

前一天晚上，张永泰知道是养子把虎妞圈在粉笔圈里后，就用言语把他教训了一顿。第二天晚上，当大人又在同样的圈中找到虎妞时，张永泰以为又是张大军在吓唬虎妞。结果是走出圈的虎妞没有挨板子，画圈的张大军却阴差阳错地领了一通板子。

第三天放学后，虎妞又往那个已经模糊的圈里跑。张大军立即去菊花的厨房端了一盆水，把那个圆圈彻底地冲洗掉了。为此，虎妞冲着张大军又哭又闹。虎妞的这种毫无理由地执着简直令人费解。为了让虎妞有安全感，为了平息他的哭闹，张永安只得又用粉笔围着床和饭桌画圈。虎妞自此放学后回到家里，不是在饭桌上独自发呆，就是在床上打发时间。

一天晚上，牟雪华把虎妞抱到床上后，张永安对菊花说："花儿啊，虎妞的自闭症是可以治愈的。他现在沉浸在自己的世界里，不愿与外界交流。他的心里就像一间没有窗户没有亮瓦的房间，我们要为他的这间屋子开上窗，盖上亮瓦，还要开一个大大的门，要让他的这间屋子多透些新鲜空气，多透些阳光进去，只有他心上的房间宽敞了明亮了，他才能从阴影中走出来。我们要把他心上那间阴暗的房子换成透明的大玻璃，让他随时都能看到春天百花开，随时都能感受到夏的火热，以及秋的硕果香和冬的雪花飘。"

"要怎么做，你就说吧。"菊花完全理解了父亲的意思。

"要做也很简单，就是你玩的时候，把小伙伴带到虎妞的身边，他愿意参与，就尽量带着他一起，不愿意参与，也让他看，平时多和他说话，无话也要找话说……"

"我现在就跟他说话去！"菊花还从未见到父亲如此啰唆，没等张永安把话说完，菊花就跑开了。

自此后，凡是有小伙伴邀菊花玩耍，菊花都要求带上虎妞一起。虎妞由最初依赖粉笔圈到最后依赖起了菊花。

夕阳下的四合院，经常有三个伙伴围在一张小木椅上玩一种叫拖牦牛的扑克牌游戏，这三个小伙伴就是张大荣、菊花和虎妞。因为虎妞对其他游戏都不感兴趣，唯有对拖牦牛的游戏情有独钟。

提柴油

四合院的人都是日出而作，日落而归。没有电灯，没有蜡烛。孩子们每天的家庭作业要在天黑前做完。家里的煤油灯灯芯如果挑高了些，大人们都会用剪刀剪去一小截。

张大荣有个舅舅在开货车，每个月都会给他家两斤柴油，这让整个四合院的邻居们羡慕不已。

张大荣每个月都会提着两个装蘑菇菌种的空瓶子去舅舅家提柴油回来。这一次，张大荣没有提回柴油，反而连空油瓶子都没有提回来。他回家对母亲说："舅舅家没人，空油瓶子放在他们家了。"

他的母亲相信了张大荣的话。因为家里没有油用了，隔了两天，母亲又叫张大荣去舅舅家提油，张大荣还是空手而归，回来依旧说舅舅家没人。

如此这般，又隔了三五天，当母亲的再叫张大荣去提油。张大荣回家后仍然如上所说。这下张大荣的母亲就开始担心娘家人了，她心里想："怎么家里一直没人，莫不是遇着了什么事？"

张大荣的母亲带着疑问来到娘家。方知张大荣这月第一次来提油时，舅妈就给他灌了两瓶油。后来两次张大荣来舅舅家又说提油，又不见油瓶，舅舅家的人就想，他们家每月只用两瓶油，前几天才把油提回去，今番又叫娃儿来提油，但又不见油瓶，可见支娃儿来要是真，提油是假，所以也就没有理会。

张大荣的母亲遂将实情给娘家人说了，说娃儿并没有把油提回去，又厚着脸皮问兄嫂要了两瓶油。

回到家后，张大荣被他母亲叫到面前，严肃地问他油去哪儿了？叫他如实交代问题，坦白从宽，抗拒从严。

张大荣见再也隐瞒不住了，就将之前苦苦掩盖的实情全盘而出。

原来在张大荣提油回来那天，正好被大伯家二堂哥张大文撞见。张大文想到媳妇临产将近，自己家里一点儿煤油也没有存，于是就打起了张大荣手中柴油的主意。

"兄弟，你来！"

张大文见四合院没人，就神神秘秘地把张大荣拉到了一边。

"不行，丢了柴油，我要挨打！"

张大荣面对张大文递过来的钱，不敢伸手去接，心里想的是母亲的鞭子。

"我说你个傻弟弟呀，你就说舅舅家里没人，或者就说你不小心把油瓶打碎了。你舅舅家开大车的，你多去问他要两斤油有什么关系呢。"

那天，张大荣在张大文不断地用语言和金钱的连番攻击下，用两瓶油换了五毛钱。

张大荣回到家想到大文哥支的招，思来想去觉得说"舅舅家没人"这个点子要安全些。如果说油瓶被他打碎了，说不定他还不能全身而退，弄不好还要享受他母亲的"竹笋炒肉丝"。思前想后，他就决定对他母亲说"舅舅家没人"。

张大荣的母亲知道事情的真相后，问张大荣，卖油的钱呢？

张大荣支支吾吾半天才说，钱在后来去舅舅家的时候买零食花了。

张大荣的母亲本来想叫张大荣把钱还回去，把油拿回来。可是钱又被张大荣用了。她越想越生气，就把张大荣拉到四合院中间，一边打张大荣，一边骂："你个没出息的，你个被人骗的，你连两瓶油都守不住……"

张大荣的母亲在四合院开始打人骂人的时候，张永国家就有人从后门子出去给张大文传话了。

张大文悄悄地从后门来到前屋里，听张大荣在院里挨打挨骂的声音，心想张大荣被他母亲打几下骂几声就没事了，谁想她在那里一声高过一声地数落自己的儿子不争气，太相信人，太善良，太老实，太遭人欺负……

躲在屋里的张大文终于听不下去了，就主动出来接了招："三伯母，我又没有骗你家的油，我还是给弟弟拿了钱的，你在这里越说越生分了。"

张大荣的母亲没好气地道："你的钱那么大，为什么不上街去买，非要在我这不懂事的娃儿手上买，还教他如何骗我们。"

张大文情知理亏，也不再争辩，就回话说："三伯母，你也别气，你也别恼，这不是我家里那位快要坐月子了吗，我一时没有抽出身，等哪天空了，我上街去买两瓶油还你就是。"

张大文说完话，也不待张大荣的母亲回复，就径直回到屋里关起门了。其实他这是最聪明的举动。此时的打骂声，早已把四合院各家各户的人都惊动了，如果他再吵下去，势必会成为看西洋镜的中心。

张大荣的母亲也不是得理不饶人的主，把心中的不满情绪表达出来后，也没有再为难张大荣。谁叫他还是个娃儿呢，虽是别人挑唆，自己不也要了人家五毛钱吗？

但是自此后，大伯和三伯家就结上了梁子。

吝啬鬼

菊花三年级暑假期间，二伯在四合院外围扩修房子。那时修房子全是请人帮忙，你家出几个工，他家出几个劳力，你家送两斤粉、两把面或一些新鲜蔬菜；他家送两斤油、十斤粮等。不出半年，新房就 OK 了。但在修房子之前，主人家要提前请泥瓦匠来家中做瓦，然后自己打窑、砍柴，把做好后晒干的瓦烧制出来。这就是所谓的兵马未动，粮草先行。

二伯家修新房子时，捡撮箕的活儿就全由张大荣包揽了。筑土墙需要土，土从哪里来，当然是去地里挖。挖了土需要有人挑到墙头给筑墙的人。筑墙的人把土倒了后，就把空撮箕扔到墙下，然后又需要一个专门捡撮箕的人将撮箕送到挖土的人面前。

挖土、挑土、捡撮箕，挖土、挑土、捡撮箕……这个捡撮箕的活儿就是张大荣的。

筑墙的正是张大文，自去年因为自己买了张大荣的柴油而受窘后，张大文一直对三伯张永民家不满，此刻又看到张大荣为了捡撮箕而不停地在墙下晃动时，心里有气的他，倒完撮箕里的土后扔撮箕好像看到了靶心。

张大荣一次被撮箕打中，心想是自己不长眼，心下便机灵了起来。可是随后稍不注意，一个撮箕又飞到身边来了。常常是撮箕里的土也没倒尽，张大荣又不能抬着头去看，一抬头望可能就接了两眼的泥沙。

张大荣捡了一天的撮箕，就对他的母亲抱怨，不想再捡撮箕了。他的母亲当时想，可能是娃儿好耍，想要，就开始给儿子做思想工作："捡撮箕是孩子该干的轻松活儿，一定要给二伯家把活干好，将来自己家扩建房子时，二伯家也好来帮忙。"

张大荣又坚持了一天，第二天晚上回到家里，又哭又闹地说大文哥老用撮箕砸他。他母亲扯开张大荣身上的衣服一看，这才恍然大悟。她发现儿子背上多处瘀伤，虽不是很严重，但父母看在眼里，哪有不心疼之理。

当晚三伯母就把张大荣悄悄带到张永泰家里，把张大荣身上的伤撩给他们看，又说了大文有意用撮箕砸张大荣的话，说不是她不安排娃儿去捡撮箕，而是考虑到娃儿的安全，不能再让他去捡了。

第二天，张大荣是解放了，捡撮箕的活儿就由菊花承包了。

张大荣看到菊花替他干活，心里觉得对不起菊花，就想着法儿要报答她一次。

机会终于来了。恰好这天修房子停工，张大荣远远看到菊花就向她招手。

菊花跟着张大荣到了他家，其时家中大人都到地里干活儿去了。张大荣神秘地搬出自家的醪糟缸，把盖口揭去："菊妹，你来闻闻！"张大荣发出快乐的邀请。

菊花顺从地把鼻子凑过去，一股甜甜的米酒味儿迎面扑来，可把两个小伙伴乐坏了。

张大荣随后像模像样地拿来两个酒杯，他俩就把缸里带着淡淡酒香的醪糟汁你一杯我一杯地喝了起来。舀尽甜汁后，张大荣又拿出两个小碗开始吃醪糟。两个小伙伴开心极了，两张小脸蛋慢慢地变成了嫣红色。他俩由最早的偷着乐到酒劲儿上来后的狂欢打闹。最后，就在开着盖的醪糟缸边，就在满屋弥漫的酒香中，两个小伙伴快乐地把透过瓦片的一束阳光扰乱，把空气扰乱，然后醉倒在地。

干完农活回家的张永民夫妇看到两个孩子倒在地上，先是吓了一跳，后又见屋里的醪糟缸被打开了，才知是两个娃吃了过量的醪糟，醉了。连忙一人抱起一娃，为他们强灌了半碗醋才让他们继续睡去。

自那次吃了醪糟后，菊花就对醪糟心心念念起来了。祖母就开始张罗着给菊花做醪糟了。

菊花觉得如此惊奇，不就是一样的米吗？竟然等它煮熟、捂热、加温后就变成了香甜可口的醪糟。

菊花睁着亮晶晶的眼睛问祖母："为什么这么神奇啊！"

祖母摸摸她那扎了两个羊角辫的小脑袋说："这就像有本事的人，有了学问，就有了智慧，就能发明世界上原本没有的东西。"

"有学问真好。"菊花想，就像叶老师一样，他能在一张白纸上画出漂亮的花朵，画出可爱的动物。

成品的醪糟对菊花来说可是个宝。菊花那天刚回家就碰到祖母给大文哥舀了一碗醪糟喝。这下她可心疼了。如果换作是别人，菊花可能还不会舍不得，但是这个经常吓唬她、唤鹅鸭啄她的大文哥，她就不是这样想的了。

最近发生了一件跟大文哥有关的事情，使她更不喜欢他了。菊花家养了一只大公鸡，大公鸡红红的冠子，漂亮的红羽毛，走起路来趾高气扬，雄赳赳的模样非常招人喜欢。大公鸡寻找食物时，一对眼珠儿滴溜滴溜直转。每当菊花一唤它，它就飞也似的跑到她的面前，让她摸、让她抱。为了奖励它的可爱，菊花也常把米缸里的米偷来喂大公鸡。不仅如此，她还在吃饭的时候故意撒下点饭粒给大公鸡。那只大公鸡可勇敢了，它敢去挑战蛇，敢去啄蜈蚣。在菊花心里，它简直就是一个大英雄。

可就是那个大英雄，有一天一不小心溜进了大伯的房间里，还在房间里留下了"到此一游"的记号，导致大文哥把门关上追着它打。英雄倒也懂事，边逃跑边大叫救命，才让在外面玩的菊花知道了情况，鼓起勇气把大伯家的门一把推开。

英雄成功获救，心里的隔阂自此而生。

看到自己视若宝贝的醪糟给大文哥喝了，菊花立即就不愿意了。又哭又闹地要大文哥赔她醪糟，害得大文哥只好把喝了一半的碗放下悻悻地走了。

这次菊花使出浑身解数不让张大文喝醪糟的事很快就名扬四合院，"吝啬鬼"的大名也渐渐传开了。

狗、狗、狗

在小寨的河下，三个孩子兴高采烈地你追我赶。不知从哪里突然跳出一只大黑狗，紧紧地追着几人狂叫。两个男孩身手敏捷，迅速地爬到水田边一棵草树上。后面的女孩身体弱小，跑不动，被那只大黑狗扑倒在地一阵狂咬。

"汪汪……"

"啊啊……"

女孩倒在地上挥舞着手，脚乱踢乱蹬，两个男孩则在树上大声呼救。养狗的小主人闻讯赶来，制止了大黑狗的暴虐。两个男孩忙跳下草树，来到女孩身边，发现女孩被狗咬得伤痕累累，其中最严重的一口咬在脚关节处，伤口正冒出一股鲜血来。三个孩子傻了眼，忙用手把伤口处按住。还好是在秋冬交季，身上都穿了厚衣裤，如果是在夏天，恐怕这伤就不会这么轻了。

被狗咬的正是菊花，两个男孩则是张大荣和张山山。上一周，班上的程玉勇给几个要得好的同学每人送了一颗野柿子。他们用舌尖轻舔着柿子，那种甜中带涩的味道，让他们留恋不已。程玉勇告诉他们，把柿子放在有水田的淤泥里，等上一周，就去了涩味，好吃得很。程玉勇还告诉他们，他住的河下野柿子树多得很。

几个好吃鬼自从吃了程玉勇的柿子后，心里就对河下的野柿子树念念不忘，想着河下既然有那么多的野柿子，何不去多摘些回来。主意打定，他们便约好周末一同到河下去摘柿子。

他们来到河下，东找西找，就是没有找到野柿子树。几人就决定去找程玉勇，让他带路，谁知在去程玉勇家的途中，菊花就被程玉勇家的狗咬了。

"菊妹，勇敢些，莫哭，哥给你弄点儿药就不痛了。"张大荣按着菊花的伤口说。

"啥子药？"菊花抽抽噎噎地带着哭腔问。

"菊妹，你莫问，只管闭上眼睛。"张大荣安慰道。

菊花平时最听张大荣的话，果真顺从地闭上了眼睛。不一会儿，一股像温开水一样的液体从菊花的伤口上淋过。张山山早已扯来一把地鼓藤。在乡下，3岁大的孩子都知道用地鼓藤的汁敷在伤口上可以止血。

随后，张大荣跑到小寨的土地庙里扯下一条还愿的红绸，包扎在菊花的伤口上。

张大荣像个绅士似的一边处理着菊花的伤口，一边温情地安慰着菊花："菊妹，等哥摘了柿子，多给你分些。"

中午，菊花悄悄地回到家中。她怕被大人看见会挨打，所以悄悄地忍着疼。她的怂样还是被细心的祖母发现了端倪，祖母用凉了的盐开水给菊花冲洗了伤口，一同为她保守了秘密。

菊花命苦，少年时总是爱被狗咬。回想整个少年，菊花在上小学期间大大小小被狗咬过不下十次，只是每次都没有摘柿子那次严重。

村小撤了后，菊花先是在老师的家里上课，路过很多人家。

其中的两条狗可能跟菊花有宿仇，每天都要追菊花几里路才肯罢休。其中有条狗，还喜欢搞偷袭，总是趁其不备，上来就是一口。

后来菊花在村小读书，路程远，也前前后后被过路的狗咬过几次。随着被狗咬的次数越来越多，她也就越来越不怕狗了。她由最先的恐惧、躲、藏、逃，到最后的与狗周旋，甚至见到狗就主动出击。

菊花与狗结冤后，就处处针对它们。她也总结了一套治狗的办法。比如在狗穷追不舍之时，她会突然把身子往下一蹲，造成狗以为对手要捡石块砸它的错觉，而后急速地后退；比如，装一袋水，趁狗跑近时，把水袋向它砸去；比如，拿着棍子和狗对着干。那些畜生也是极聪明的，往往看到对手强硬，也就不敢造次了。与狗对着干这招还是菊花听她父亲讲历史故事中学来的。

话说六国丞相苏秦曾经差点死在狼口之下，一位老猎人就告诉他，越是怕狼，狼就越狠。最好的办法是鼓起勇气和它对着干，你要是强大了，狼就弱小了。如《红楼梦》中林黛玉说的，不是东风压倒西风，就是西风压倒了东风。

治狗时又比如把鞭炮里的炸药抖出来，装在一个竹筒里，放上引子，插在水田边的软土上，故意引狗来咬。等狗来时，就炸它个晕头转向。当然这种待遇只有菊花特恨的那只狗才配"享受"。

菊花跟狗结冤，并不是指所有的狗。那些善良可爱的狗儿当然除外。就说大伯家的白狗子吧，它虽然经常抢她的东西，但她从来就没有想过要对付它。

说起这只白狗子，菊花对它则是又爱又恨。它全身白毛，高大，喜欢赖在菊花身边。但它常常没大没小、不懂规矩。就拿这一天来说吧。祖母走亲戚回来，给菊花和她姐姐各带回一张放了豆豉馅儿的肉饼。那饼子还没吃，就一股香味儿直扑鼻子。菊花轻轻地沿着饼子边沿咬了一口，慢慢地嚼，她才不想学猪八戒吃人参果那样囫囵吞枣，连味道都没尝到就下肚了。她舍不得就这么快地把饼子吃完，她可从来没有吃过那么香的饼子呢。就在她拿着饼子边吃边出神的时候，白狗子不知从哪里冒出来，一口叼住菊花手中的饼子，一溜烟跑得无影无踪。菊花的饼子才吃了几口，哪里舍得，就急得边哭边去追白狗子。等她找到白狗子时，那饼子早就被白狗子吞进肚子里了，气得菊花很长一段时间都没有理会过白狗子，看到它就叫它"有多远就给我滚多远"。

菊花最喜欢的狗叫招财。那是一只杂交的狮子狗，它体型小，常常在后门等菊花放学。别看这只狗体形小，看家可是一等一的。看到陌生人，那个凶狠样，不亚于那些咬过菊花的狗。这只狗机灵得很，常常能把链子解开。一旦它解开链子，家里人除了菊花，谁也近不了它的身。它知道，一旦近身，就有可能被再次拴住。而菊花只要轻轻一唤，它就不管不顾地摇着尾巴跑来了。每当非要拴狗的时候，家里人就要给菊花说好话，叫她把狗捉住。为这一点，菊花常常沾沾自喜地往天上飘。

招财狗比菊花的年龄大，跟了菊花家十几年，渐渐老去。母亲又捡回一只小流浪狗。家里人觉得没必要养两只狗，就决定把招财狗送给没有养狗的小姑家。谁知招财到了小姑家里后，不吃不喝，就两天时间，它的肚子下面就密密麻麻地长出胡豆大的包来。菊花知道后，到小姑家去看过它一次。没过几天，招财狗就死了。为此，菊花伤心地哭了一回。她认为招财狗是气死的，是被主人抛弃后想不开才死的。

招财狗死了，却一直活在菊花的心里。

流浪狗有了家

　　牟雪华捡回一只流浪狗。这只流浪狗前些天在四合院周围转来转去，常常跑到鸡圈里去跟鸡抢吃的，见到人就躲，如果有人追它，它就吓得屁滚尿流地哇哇乱叫。

　　周六的晚上，屋后传来小狗凄惨的叫声，那声音一声接一声的，令听者无不动容。

　　菊花顺着声音提着灯到屋后去找，在空了的干苕窖里找到了失足的小狗。

　　菊花带路，母亲提着灯，父亲下到苕窖，把可怜的小狗抱回了家。小狗不知是什么时候掉进苕窖的，想必也饿了很长时间，菊花连续给它喂了三次吃的，它都像才从饿牢里放出来的一样，吃得狼吞虎咽。前前后后的时间里，小狗竟然把一大碗饭吃完了。张永安知道得太晚，想制止时，饭已经全进了狗肚。

　　"它饿！"菊花说。

　　"傻孩子，越是饿越不能一次吃得太撑，那样对胃不好。"这时菊花才明白，她的父亲不是舍不得饭，而是为狗的健康着想。

　　家里多了一个伙伴，菊花自然是高兴。张永安找来一只小竹篾，在里面放了些稻草，小狗的窝就做好了。

　　菊花为了表示自己的诚意，非要把狗窝放在自己的卧室里。

小狗来到陌生的环境，对一切的好意都保持高度的警惕。自然，它是万万不肯乖乖地睡在菊花睡觉的床脚的。在它的眼里，厨房的柴火堆才是唯一的避风港。

每天晚上，菊花睡前把狗抱进窝里，每天早上，狗总是在柴火堆里。

菊花很是想不通，为什么舒适的窝它不睡，偏要睡在粗糙的柴上呢？于是，她把疑问抛给了父亲。

张永安摸着女儿的头，给她讲了一个与狗完全不相关的故事。故事是这样的：古时候，有两位大智者，他们为了一个问题各持己见。其中一位叫庄子，他说因为鱼可以在水里自由地游动，所以鱼是快乐的；另一位叫惠子，他说因为人不是鱼，所以人不可能知道鱼是快乐的。

接着，张永安用鼓励的眼神向菊花发问："花儿，你说说鱼快乐吗？"

菊花坐在吃饭的方桌上，用两腮托着下巴做了一会儿沉思状，然后说："我觉得如果鱼儿有足够多的水，那它就快乐。"

张永安还想让女儿发散一下思维，就追问："如果一个水塘里，一边的水很浅很浅，浅到鱼鳍都掩不住，一边的水很深很深，深得有你的身高那么深，你觉得鱼儿会往哪边游？"

菊花不假思索地说："那还用说，肯定是深水的那边啊！"

"你又不是鱼，你怎么知道它要往深水区游呢？"张永安继续问。

菊花一本正经地说："老师讲过，鱼儿只要露出水面，很快就会死，就像人没有空气一样。所以它要往深水处游啊，在深水处，人们看不见它，它才有安全感。"

张永安微笑地点了点头，话题终于回到了狗身上："那你说说，为什么狗不睡在你给它安排的窝里，而要睡在柴火堆上面？"

"这只笨狗!"菊花通过父亲的点化,终于明白狗为何不领她的情了。她没有直接回答父亲的问题,但她已经明白狗因为胆小,觉得只有睡在柴火堆上跟人保持距离才有安全感。自那之后,菊花再也没有强迫狗跟她睡一个房间了。

通过几天的接触,小狗的胆子越来越大了,竟然敢主动去嗅家人的脚了,尤其是跟菊花打得火热了,看它那亲热劲儿,应该是早就放下戒备之心了。

菊花像所有小孩子一样,对动物都充满着好奇和怜爱。这只流浪的小狗,一时之间成了她形影不离的新朋友。除了上学她不带小狗去,放学做作业的时候,小狗就在她身边玩。去坡上割草捡柴的时候,小狗自然而然就成了跟班。平常跟朋友们一起玩耍时,小狗也跟在她的身后欢快地嬉闹。

自从小狗来到菊花家,的确给菊花带来了无限的乐趣。但同时也给她带去了不少的烦恼。

有一次菊花在教室里上课,冷不防小狗竟然遛达到教室门口,它见菊花坐在里面,但又碍于全班师生在场,不敢进去,就以趴在门口冲着菊花狂吠来向菊花打招呼。叶老师一赶它就跑,叶老师一回讲台,它就又跑回来吠。叶老师索性把门关上,可谁知关上门后它吠得更厉害。不得已,叶老师才问学生:"谁家的狗?以后不准带到学校来!"

自那以后,菊花上学时总是躲着小狗。躲是躲不住的,菊花前脚走,小狗后脚就跟来了。毕竟家和教室之间只隔着两道门和一个屋檐水沟嘛。到了学校,小狗就又开始狂吠,以此告诉它的主人,它又去找她了;以此好震慑其他人,它也不是好惹的。

后来,菊花上学的时候,就不得不把它关在屋子里,等放学了再去放它。

绘画：魏友杰

的颅狗

小狗回来还没有一个月，家人就对它有了不同的看法，甚至有了要扔掉它的想法。

事情的起因是这样的。有一天，家里来了几位客人，在聊天的时候他们就聊到了这只捡来的狗。

客人说："这狗我知道，早就在公路上流浪了，原来是山梁上杨家屋里的，只因为它的头上长了一条白线，颈上长了一圈白毛，而且尾巴尖也是白的。有一位懂阴阳的先生说，这是披麻戴孝的长相，喂不得，喂了要妨主。"

自客人走后，家里就针对小狗的去留起了争执。主张扔掉的主要是菊花的祖母和母亲，保持中立的是菊花的姐姐桂花。这段时间，桂花回到家里竟然学起了针线活儿。她坐在油灯下，把借来的鞋垫花样子摆在两只并拢的膝头上，煞有介事地一针一线地绣着花，好像家里讨论的事情压根就与她无关似的。

菊花肯定是站在她们的对立面了。她可不管那么多，她也不相信那么多。她只知道如果把小狗扔了，她就没有玩伴了；如果把小狗扔了，它就又无家可归了，又要变成流浪狗了。

牟雪华见劝说菊花不听，就把事情推向张永安："他爸，你倒是说句话呀！"

张永安对狗的去留原本就是左右摇摆的态度，最后见他的宝贝女儿意志坚定，终于下定决心要跟女儿站在一条站线上。只见他慢条斯理地卷着手中的纸烟，好一会儿才开口。

张永安一开口，并不是急于表达自己的意见，而是以一个"的卢马"的典故开了头："《三国演义》里，刘备的徐州被吕布夺了，无奈之下投奔到了曹营，曹操见刘备没有战马，就把他请到马厩里，让他挑选一匹好马。马厩里的宝马良驹至少百匹以上，而刘备却选中了一匹名叫'的卢'的马，这匹的卢马眼下有一对深深的泪沟，额头两边生了白色的毛，身子瘦弱，一副皮包骨头的样子。

"刘备的同宗兄弟刘表，见了的卢马后，也非常喜欢，刘备就忍痛割爱，将的卢马送给刘表。可刘表身边的一位会相马的谋士说，的卢马头顶白不吉利，这样的马妨主。刘表听到这样的话后，就将的卢马又还给了刘备。刘备知道了旁人说的卢马妨主的事后，毅然决然地把的卢马留在了身边。就是因为这匹的卢马，在曹操的家人准备加害刘备之时，带着刘备绝处逢生，瞬间从水中跳起，一跃三丈多高，飞到对岸，救了刘备。不仅如此，它还带着刘备找到了水镜先生。通过水镜先生，刘备知道了卧龙、凤雏得一可安天下的消息。后来他三顾隆中，请诸葛亮（卧龙）出山辅助，最终成就了刘汉王室的帝业。"

"好啊好啊，这个故事好听！我也要像刘备一样，坚决把狗留在身边。刘备的马叫的卢马，我的狗就叫的卢狗。的卢马能给刘备带去好运，的卢狗也能给我带来好运。它大了可以看家，我要把它培养成一只优秀的狗，一只与众不同的狗。我要改变它的狗运，要让你们都对它刮目相看！"菊花听到父亲讲的故事后，高兴地搂着狗在父亲的身上蹭，一边蹭一边还连珠炮地宣誓。

张永安讲的故事，消除了"反对派"心中的忧虑。菊花的这一举动，使家人的笑声充盈着整座屋子。

欢乐的气氛使的颅狗也兴奋起来，为了感谢小主人对它的维护之意，它伸出红红的长舌头就要舔菊花的脸，菊花越是不让，它越是兴奋……

豆腐包子

秋日的太阳火辣辣的，大白狗躲在方桌下伸着长长的舌头喘气。祖母慵懒地躺在床上纳凉，张永安坐在长板凳上"吧嗒、吧嗒"地抽着自己种的旱烟，浓浓的烟味儿弥漫了满屋。菊花则坐在踏脚凳上出神。正在这时，大伯母从对面走了过来。

大伯母走起路来风风火火，边走边搓手上的泥夹儿。一进门就招呼张永安："幺弟娃儿，帮我看看这几天的天气，我算个日子打谷子。"

张永安起身走到床头拿起绯红的《老黄历》小册子，口中念念有词地边翻边看。

"后天好，后天晴，往后两天都不行。"

"那就后天，你要帮忙背谷子哟。我明天去买块豆腐回来蒸包子。"

大伯母走后，菊花的母亲牟雪华喂完猪回来，嘴里小声地嘟哝着："又是豆腐包子，一旦请人帮忙就到处宣扬她的豆腐包子，好像人家都是冲她的豆腐包子去的！"

菊花没有完全听清楚母亲的嘟哝，但她知道母亲说的就是豆腐包子。她立即来了精神，冲母亲说："豆腐包子好呀，我好久都没有吃过豆腐包子了。"

菊花被母亲白了一眼，就住了口。祖母在麻布罩子里一边晃着蒲扇一边取笑说："馋猫，就知道守嘴，羞羞。"

菊花站起来爬到床上，用双手摇着祖母的身体，认真地说："院子里的娃儿不为守嘴。"

这句可是菊花的名言啊。没过多久，全院子的人都知道菊花的这句名言了。也正是菊花有了这句名言，才让她觉得在全院子里干什么事也都像是在自己家里一样，可以不分彼此，不分你我。所以，她常常在大伯家里玩到睡着了也不回来；常常在二伯家玩比跟桂花在家还要融洽；常常在三伯家蹭饭而没有感觉到有任何的不妥之处。

下午放学回家后，菊花又听到大伯母在请三伯帮她家打谷子。大伯母说："他三伯，你后天无论如何都要来帮我打谷子。我明天上街去买块豆腐回来蒸四季豆包子。"

就在同一天，菊花多次听到了豆腐包子，不免要对它相思相盼了。后天嘛，明天的明天，这点她是分得清的。

整整两天，菊花一想到包子这个词，就觉得喉头间老有往上冒的口水。好不容易盼到了大伯家打谷子的日子，整个上午，菊花在学校里就心不在焉，盼望着早点儿放学。一到家里，她就迫不及待地要往大伯家里跑。祖母早就守在门口，一把拉住她："来，孙孙，祖母给你说。"

菊花一边挣脱一边回答："说嘛说嘛。"

祖母双手把菊花箍在怀里，神神秘秘地说："你去不要上大桌子哟，那是打谷子的人坐的。那些位置是人家辛辛苦苦劳动换来的，你没有干活，就在厨房里的小圆桌上吃哟。还有，一定要记住，案板上还没有端上桌的菜你不要去偷吃，那些菜是有个数的，你偷吃了，人家打谷子的人就没得吃的了。你要是答应了，我就放你去。"

菊花惦记了几天的包子，立马就要到手了，这会儿无论祖母提什么条件她都会答应的。

菊花还是被堂哥带到了大桌子上，父亲张永安把她狠狠地瞪了一眼，她就趁人不备又灰溜溜地退下来了。堂哥见状，又把她带到另一桌了。

远离了父亲，菊花早就把对祖母的承诺忘得一干二净了。但是说她全忘了吧，也不尽然。她可记着菜是有个数的，既然坐到了桌子上，就要按桌子上的规矩来，她心里暗想。

整个用餐时间，她的小脑袋小眼睛可在用心观察，果然，盘子里的腊排骨每人夹一块就只剩下凉拌粉条了。通过观察才发现，祖母的话既对又不全对。应该是有些菜是有数的，有些菜是没有数的。也许是大伯母把一些菜没数清，所以就干脆没数了。菊花想。

愿望达到了。不但吃了个肚饱，而且还怀揣了炒花生和瓜子。在迈进家门的那一刻，祖母似笑非笑地用右手食指在脸上做羞羞的动作。菊花知道这是祖母在取笑自己，于是耍起横来，扑到祖母的怀里同祖母争论起来："还说大伯母的每道菜是数了数的，我看有些菜就没有数嘛。你竟然扯谎。"

祖母用手刮了刮菊花的鼻梁："你个守嘴子还有理了。"

"本来就是嘛，前两天你还和妈妈说舅舅送我的那把伞我没管到三天，明明就不止三天嘛。"菊花想到这儿说话就更是理直气壮了。

祖母知道菊花是因为自己刚才羞了她而来胡搅蛮缠，就想支开她："好，好，你有理，快去玩儿吧。"

菊花却反而像癞皮狗一样黏住祖母说："你那天还和爸爸说，我睡到太阳晒屁股了才起来，是不是也没有这回事嘛？"

菊花的认真劲儿把祖母逗得大笑了。她用手掌撑在祖母的面颊上用劲地边摇边问："你还告状不？你还告状不？"

祖母趁菊花不备，张着口装出要咬菊花手指的样子，吓得菊花咯咯笑着跑开了。

下部

"虽然地下室没有挖成功，但却因为挖地下室而使姐妹俩在感情上出现了空前的深情厚谊。在以后的日子里，菊花有感而发地对桂花说过多次：'想想咱俩挖地下室的日子，多美好啊！'桂花也同样对妹妹报以真诚的感叹：'那时的咱们真是又天真又傻得可爱啊！'"

《暑假生活》

菊花读三年级的时候，桂花就小学毕业了。

小寨是没有初中的，要么去乡上读书，要么去镇上读书。不管是乡上还是镇上，离菊花家都差不多同样远的距离，只是镇上有张氏家族的远房亲戚。其实选择在哪里读书都非常容易，最让张永安夫妻犯难的是，他们准备只让一个娃读书了。

乡下的很多孩子大多只读到四年级就辍学了。同年的张大荣在这一年也读不成书了，听张永民说，娃儿大了，下地是一把好手了。

张永安和牟雪华在暑假的一个晚上，趁着桂花和菊花在外看电视没有回家，就讨论起关于孩子读书的事儿来。牟雪华说："老二身体弱，在家也帮不上忙。况且又比老大少读几年书，要送就送老二。"

张永安说："老大成绩也不错，心性上要比老二稳重，老二身体弱，但性格像个男娃子，真怕将来不在身边让人操心。"

孙莲芳说："两个娃读书都还行，送一个不送一个，娃大了要说亏欠。"

他们就在屋里你一言我一语地各抒己见，最终什么也没定下来。

桂花、菊花其时已经回家，听到家人在议论她们读书的事，桂花就示意菊花别出声，听听家里人怎么安排。

整个假期很快就过完了，眼看就要报名开学了。张永安夫妻还是在为两个孩子上学的事而纠结。

整个假期，菊花都在玩，因为张大荣不读书了，他就可以不用做作业了，而菊花也压根没想到作业的事。那天突然听到张大军问她作业做完没有，她才记得放假时老师发的《暑假生活》。老师要求同学们把《暑假生活》做完才能报名。

"噫，我的《暑假生活》呢？"菊花终于想起了她的作业，可是此时的《暑假生活》跟她玩起了捉迷藏的游戏。

菊花知道，如果家里人知道她连作业都丢掉了，那是肯定免不了挨打的。在菊花眼中，父母还是非常严厉的。母亲老爱唠叨，天天叮嘱自己这样那样。父亲严肃起来的时候，一个眼神就能把人胆给吓破。菊花只要做了错事，相信父亲不言不语地看自己一眼，自己就得规规距距半天。

菊花永远也不能忘记，还是她很小的时候，三伯逗她玩，逗着逗着她就骂了一句，至于骂的什么，她骂后就忘记了，那是因为她刚一骂完就被父亲那眼神给震住了，怕到说的什么都不知道。但那不是重点。重点是，刚骂完的她就被父亲押着，在整个四合院走了一圈。见人就先把对方恭恭敬敬地喊一声，然后跪在对方面前，向对方保证："我以后再也不骂人了。"

在四合院走了一圈跪了一圈后，回到家里，父亲还把她关在黑屋子里面壁。

这些年来，菊花一旦想到那次被父亲押着向全院子的人保证的情形来，她的脸上就火辣辣地红着、烫着。那真是羞死人了啊!

一想到这事,菊花丢失"暑假作业"的事就更不敢跟父母提了,要是再被她父亲押着向全院子的人保证"我今后再也不丢书了"的话,那不是要人命吗!更重要的是,菊花开始有了这样的隐忧,她觉得父母会想:她连作业都弄丢了,是不是连书也不用读了?

菊花开始在家里翻箱倒柜地找,里里外外地找,终是没有找到"暑假生活"。她又不敢和家人言说,只好整天闷闷不乐的。

张大荣再来找菊花玩的时候,看到菊花的苦瓜脸说:"菊妹,你咋了,谁欺负你了?"

菊花被张大荣一关心,憋在心里很多天的委屈一下子发泄出来,"哇"的一声伤心地哭了出来。

好半天,菊花才对张大荣说:"我的"暑假生活"丢了,没有作业报不了名,报不了名就读不成书了。"

张大荣忙安慰道:"菊妹你不用担心,我那里不是也有"暑假生活"吗,我把作业做完了的,上面还没有写我自己的名字,反正我不读书了,就把它送给你吧。"

菊花听了破涕为笑,转而又吃惊地问:"你爸妈都不送你读书了,你还做作业干啥?"

张大荣认真地说:"我想认真地做完最后一本作业。"

不知为什么,菊花的心像被马蜂蜇了一下似的难受。她拉起张大荣的手认真地说:"荣哥,我学了新知识教你。"

菊花翻开张大荣送来的像是崭新的"暑假生活"本,看到里面的字迹工整,没有漏题。她的心中突然间升腾起一股暖流,这暖流既有阳光的甜,又隐隐的有一种莫名的晦涩之苦。

开学了,父母最终决定让两个娃一起读到初中毕业,如果娃能考上高中，就让娃读，如果考不上，娃也没有怨言。

菊花还是在屋后的学校读，而桂花则去镇上读初一了。

菊花拿着张大荣的作业蒙混过了关，没被老师发现。却在开学的两个月后被家人发现了。父亲在厨房的墙上嵌了两根树干，树干上放了一张竹编的席子。平时的大蒸笼就是放在上面的，这样既通风又不占地方。就在新麦子收回来后，张永安把晒干的新麦子背到磨房去磨了面粉回来，孙莲芳就操心蒸包子了。当张永安搬来梯子去取蒸笼时，才发现竹席子上的"暑假生活"。张永安觉得很奇怪，菊花的暑假作业怎么会在这里呢。

晚上，张永安把全新的"暑假生活"摆在菊花面前，让菊花坦白交代：上学时所交的作业是哪来的，为什么要把自己的作业扔了。

菊花就照实说，自己在上学前突然想起做作业，但是一直找不到"暑假生活"。张永安最初以为是菊花不想做作业而把书扔了，最后又见菊花把张大荣的书拿去交作业，又觉得她应该不是不想做作业。张永安分析后，给菊花的答案是，肯定是老鼠把菊花的"暑假生活"给拖到上面去了。

其实张永安知道，"暑假生活"被放在竹席上一事肯定是桂花所为。事实也的确如此，因为家中大人整个假期都在纠结要不要留一个娃送一个娃上学的问题，这就让比菊花大4岁的桂花起了小心思：老师不是每年都说不交假期作业就报不了名吗？于是，她就趁着没人的时候把菊花的"暑假生活"扔了上去。

丢钱的墙

说到不漏风的墙到底是真是假，菊花不得而知，但是丢钱的墙，菊花倒是亲身体验过。

"红萝卜咪咪甜，大人想卖钱，小孩想过年。"过年谁不想啊，穿新衣，吃美食，还可以天天耍，最让人快活的是，过年可以收压岁钱啊！

随着一年一年地长大，菊花愈发地对压岁钱深有感触。放寒假之前，家里买了一盒牙膏，那牙膏盒多漂亮啊，看到牙膏盒，菊花就想到了用途，不正好可以装过年的压岁钱吗？她在心里打着小算盘，今年要多存点压岁钱啊，这样才对得起这么漂亮的牙膏盒。

春节的四合院可热闹了。小孩子都要去给长辈拜年，这年可不是白拜的，受拜的长辈那是要封红包的。大小不等，整个四合院中，最大的红包两元，最小的两角。

一圈走下来，手上拿着的红纸包就一大叠了。菊花藏在角落，把红包里的钱拿出来，数了又数，感觉会越数越多似的。菊花手里数着钱，心里想着文具店的彩色铅笔，那些笔无论画什么都好看，还有大队旁的点心铺，那里的柿饼和糖饼子可好吃了。

一想到吃，菊花胃里的馋虫就往外涌了。

菊花有了自己的小金库，每天心心念念地想着放在什么地方最安全。她明白一个道理：只有一个人知道的地方才安全。

于是，她把钱放了很多地方，可是每个地方刚放下不到两天，她就又想到那个地方其实也不安全，也有隐患。于是，她又开始找理想中的安全地方。

她放在枕头下后，怕星期五从镇上放假回家的姐姐发现；放在席板子里后，怕被母亲晒铺草时发现；放在墙角时，怕被老鼠咬了；放在书包里后，又担心在班上不安全。春节后的一段时间里，菊花的那颗小心脏天天就念着她那不多的压岁钱。她有时会一天看上几次，有时做梦都在守护她的压岁钱。

一个偶然的机会，她突然发现了一个好地方，床后的墙缝。床后的墙缝是她偶然提起麻线罩子时发现的。放下罩子后，几乎不能发现床后的墙缝有那么大，大到可以塞进一叠钱。菊花像是发现了新大陆一样高兴，她把压岁钱小心地卷起来，外面还包了一层牛皮纸，然后把钱塞进墙缝里。

菊花觉得再也没有比墙缝更安全的地方了。但是看了钱会有安全感和幸福感的她，还是找尽一切家里没人的机会，偷偷地提起罩子瞅一眼放在墙缝里的钱。看到钱在墙缝里躺着，她的小心脏窃喜着。

幸福往往伴随痛苦而来。不久后的一天，菊花再一次探视她的小金库，发现钱不见了！突然间，菊花好像在高空被人抛下来，愣愣地坐在床上好半天都回不过神来。等她再一次把眼睛盯到墙缝时，她伤心地哭了，为她心心念念的小金库，为小食铺的柿饼和冰糖饼子，为文具店的彩色铅笔……

高先生

　　算命先生三条腿走路，其中一条是拐杖。算命先生是小寨的名人，那是他学艺回来之后的事。

　　算命先生是张永安的忘年交、铁哥们。算命先生姓高，和张永安同住村里。高先生原本不姓高，也不是村里人，他是随母亲逃灾荒来的。5岁时来到小寨高家乞讨，当时高家没有子嗣，看上了这个瘦得像猴子，脏得像从污泥里扒出来的小孩，据说就是小孩那双有灵气的眼睛打动了高先生的养父母。

　　高先生的生母提着高家的50斤大米满意地把儿子留下了。对于当母亲的来说，儿子有了好的归宿，不用跟着她吃苦挨饿，自己也化得50斤大米，足够她带回去吃上一阵子，解决一家老小的温饱，不至于饿死人！

　　小孩过继到高家后，倒也懂事乖巧，生活稳定下来后，竟然越长越标致，就如那财神爷面前的散财童子一般，人见人爱。虽然没有读过书，却也机智伶俐，讨人喜欢。

　　好花不常开，好景不常在。

　　高先生5岁过继，6岁和8岁那年家中又相继添了弟弟和妹妹。10岁那年得了病，先是提不起精神，后是发冷、发热，再至水米不进。家人请了附近的几位医生给他看病，又问神求卜，总不见好。眼看奄奄一息，终不能治，家人就将他抬到老坟山的乱石林，挖了一个坑给埋了。

乱石林是野狗的聚集地，它们常常嗅着气味而来，成群成群地在乱石林刨土，高先生就这样又被野狗给刨出来了。

谁也想不明白，为什么高先生没有被厚土给窒息死？为什么高先生没有被野狗给撕裂？就算没入狗腹，那天上还有一群一群的秃鹰呢！

那些鹰有着锐利的眼睛，有着锋利的爪子，它们常常在高空中盘旋，一旦发现地上的猎物，就像发射的导弹一样俯冲下来，它们的爪子有时候能抓起一只成年的鸡，抓小鸡那就更是轻而易举的事情了。住在小寨的许多人都曾亲眼看见过，秃鹰抓小鸡的情形。一旦秃鹰抓住了猎物离开地面回到属于它的空中地盘，无论人们怎样地吆喝，怎样地追打，那都会是竹篮打水一场空的。

谁也没有想到，天上下雨又出太阳——高先生死而复活！几天后，高先生活了过来，并且自己跑回了家。

高先生的人是活过来了，但视力却受到永久损伤。而且通过他的死而复生，家人和众乡邻自此就不待见他了。甚至有人说他是死过的人，是跟魔鬼做过交易的人。随着年龄的增长，高先生的视力连续下降，直到连走路都要拄一根棍子探路了。

"上帝关上一扇门，一定会打开一扇窗"，高先生就是这样。在偶然的一天，一位云游的道人路过小寨，看到双目失明的高先生，就生起了怜悯之心，对他说："我暂住独峰山茶庵，三日后你若能到山上来，我传授你一条讨生之道。"

茶庵在小寨的山顶上，乡人称此山为独峰山。独峰山高耸入云，在顶部稍平坦的地方，有一棵上百年的茶树，之前有打猎的人倚茶树而架起一座茅屋，道人称茅屋为茶庵。独峰山上多猛兽，上山下山只有一条路可行。许多猎人不愿去独峰山打猎，就是因为山高路陡且险。

小寨的小孩大抵都经历过这样的场景，什么时候哭闹了，大人就会说："再哭就扔到独峰山喂狼！"独峰山，远近而来的人，莫不绕道而行，健全的人爬上山都吃力，何况他高先生一个瞎子！

高先生就像失足落水的人，终于抓住了一根救命稻草。在一阵高兴之后，他又开始踌躇起来。那么高、那么陡的山，他一个瞎子怎么上得去呢？

但这是他唯一的机会，虽然前路渺茫。从他那看不见东西的瞳孔中，他好像看见山顶的那轮明月。明月的光在变幻，逐渐变成炙热的一团火，而那团火正是他内心所渴望的，他要去融入火中！

内心的动力驱使高先生赶快做出决定，因为时间只有三天。可是他从来没有上过独峰山。怎么办，他得寻求帮助！

"爸，妈，我想去独峰山学艺。"高先生对养父母说。

高先生的母亲一手托起怀里的二丫，一手搂起前襟给二丫喂奶。听到养子说要去独峰山，竟然笑了起来："你竟然把疯道士的话当真了，他是逗你玩的，你难道看不出来吗？！"

高先生的母亲语气很突兀，嗓音也很大，惊了怀里的二丫，二丫就"哇"的一声哭了起来。

高先生的母亲抱着二丫走开了。

"你老实在家待着，饿不死你。还记得前年围打的那只野猪吗？就是从山上下来的。"高先生的父亲吧嗒着自家种的土烟，扔下一句话后，径自出去了。

高先生清楚地知道，自从养父母生育了弟弟妹妹后，自从他从土里爬出来后，自从他失明后，他就觉得越来越孤单了，越来越不受人待见了。

高先生在垂丧之际，想起了张永安有一支猎枪。

"我想借猎枪和弯刀。"他说。

听了高先生要借猎枪和弯刀独自上山学艺，张永安沉默了。

高先生足足等张永安把叶子烟抽完，叹了一口气，摸着拐杖，起身准备走人。

"还收拾其他东西不？我送你去。"张永安说。

高先生万万没有想到，原本以为会无果而返，没有想到会有这样的结果。

他的眼睛像被洋葱的气味给冲了似的难受，他紧抿了抿嘴唇，抑制住要涌出的眼泪，控制住心情，用尽量平淡的语气说："没什么好收拾的，我来时就穿了这身厚衣服，如果借不到枪，我也就即刻出发。"

"好，我们即刻出发！"

这是两个大男人的决定，谁也左右不了。牟雪华含着眼泪把家里的花生种包了起来，把马灯里添满煤油，把白皮火把捆了一小捆，交给他们带着上路了。

张永安走时把菊花抱了起来，说："爸给你采山里的大蘑菇回来，你在家里要乖，要听妈妈的话。"

菊花依偎在母亲身旁，目送他们离去。

在张永安走的那几天里，菊花天天问母亲："爸什么时候回来，山上的蘑菇真有像雨伞那样大的吗？"

牟雪华初时也好言相哄，可是几天过去，丈夫没有音讯，也不见回，她的心里就暗暗着急起来了。因为男人上独峰山的事只有她知道实情，把孙莲芳瞒了，主要是怕她老人家担心。桂花在镇上读书，菊花只以为父亲去采蘑菇去了，哪里知道是去虎狼的地盘独峰山啊。

因为忧思，牟雪华常常走神，纳鞋底纳着纳着就扎了手。菊花发现母亲这几天越来越不愿言语了，她觉得空气里有股令人不愉快的气流，她好像和同学也嗨不起来了，总是坐在座位上出神。

那天晚上，菊花吃过晚饭，牟雪华洗过碗，静静地拿起鞋帮子，坐在菊花做作业的桌边，菊花没有抬起头，斜眼看着母亲，发现母亲眼睛直愣愣地看着手上的鞋帮子。菊花感觉心里很不是滋味，她终于控制不住，一头扎进母亲的怀抱，柔柔地唤了一声："妈。"

这是菊花懂事以来，第一次主动去拥抱她的母亲，安慰她的母亲。

牟雪华把拿针的右手稍稍向外，用左手紧紧地把菊花搂在怀里，那一刻，整个房间都能听到母女俩的心跳。

花开花谢，月圆月缺。天不会一直阴着，人也不会一直忧伤。

就在一周后的傍晚，垂着夕阳的那根线说断就断了。从学校旁边的后门走进两人。前面的人腰里拴了一根绳子，绳子的另一头拴在后面人的腰上。直到这时，母女俩心头的太阳才升了起来。

张永安没有带回来大蘑菇，倒是在山上挖回了一株韭菜头。

牟雪华在当晚的酸菜红苕稀饭里多撒了一勺玉米面，算是招待了高先生。

高先生走后，张永安和牟雪华没有离桌，趁孙莲芳洗碗喂猪牛之际，牟雪华问："找到那个道士了没？"

"那还用说。"

"路上遇着危险了没？"

"那还用说。"

"山上一定比河下冷吧？"

"那还用说。"

菊花一本正经地做着作业，两只耳朵却早就变成了招风耳。此时她觉得诧异，父亲出去一趟变木讷了吗？只会说那四个字了吗？她带着疑惑抬头一看，原来父亲鼓着嘴正对着镜子照他的脸，他的右手正拿着剪刀在剪新长出来的胡子呢。

菊花又装模作样地翻书看。

张永安放下剪刀说："那个道长有点名堂，只要高娃儿他坚持，应该是有收获的。"

"那他为什么又回来了？"牟雪华问。

"道士说了，必须要每周去一次，风雨无阻，如果哪一周不去，他就不传授他东西了。"

"一周一次？"牟雪华睁大眼睛。

"我正要给你说呢。"张永安说这话时有意识地去握牟雪华放在桌子上的手，声音极其柔和。

牟雪华瞟了一眼旁边的菊花，把手轻轻地缩到桌子下。

张永安意识到什么，看到厨房里的母亲已经提着洗碗水去喂猪了，就起身说："不影响娃儿学习，我们去灶膛坐。"

菊花全神贯注地把精力集中到耳朵上，她听到父亲在灶膛说："高娃儿可怜，眼睛看不见，在家里又不受人待见。我们帮帮他。"

"你自己的屁股都在沙坝里，怎么帮？"母亲的声音传来。

"你在家里多担待些，我送他学艺。"父亲说。

"一周一次？"母亲又问。

"一周一次！"父亲坚定地回答。

"你真狠心！"母亲说这话时带着一种菊花描述不出的心态。这种心态既像母亲埋怨父亲，又像母亲在表扬和支持父亲的决定而故意正话反说一样，这让菊花琢摸了很久也没有理解透。

卖蘑菇

张永安送高先生学艺的这年秋天，四合院可热闹了。

院坝里堆起了几座用麦秆和牛粪混合的小山。人们晚上纳凉时总是搬上自家的椅子或凳子在粪山的中间围坐，人手一把大蒲扇。他们也只有在这个时候身心才能闲下来，逗趣的笑声总是在四合院回荡。

这几座粪山的落成，对四合院的小朋友们来说，真是太美妙了。他们常常围着这些屏障捉迷藏，从粪堆里散发出的那种味道也真美妙，有点像馒头的面发酸了似的。

大人总是每隔几天就要把这些粪山重新给翻一遍。菊花常常坐在门槛上看着大人打开粪堆。那些经过发酵的粪里随即散发出一股热烟，那浓浓的味道四散传开。人们憧憬着未来的幸福生活，早已习惯了这种味道。

那些被打扰到的比蚊子还小的虫子密密麻麻地时而飞起，时而又落在粪堆上。它们有着和粪一样的颜色，如果不是飞起来，不是发出嗡嗡的声音，你还真不能发现。这真正是"一支筷子轻轻就折断，十双筷子牢牢抱成团"啊！这些小小的生命，如果是东一只西一只的，它真就难入眼，但它们成团成团的，一起嗡嗡地叫着、飞着，那声音竟也能扰乱人的思绪。

菊花看着打开的粪堆出神，她好像看到人们从里面翻出一朵朵像雨伞一样的蘑菇来。种植蘑菇是乡里大力发展的致富路子，人们都激情洋溢地干得热火朝天。

菊花也参加了劳动，掰蘑菇土是她力所能及的活儿。蘑菇土是紧实的黄泥土块，要把它们掰成手指头大小。除了掰蘑菇土，她还在后面掏菌种时出了力，那些用高锰酸钾勾兑出来的消毒水，把每个参与劳动人的手都染成了深褐色。

粪山要经过多次反复发酵，才能上架。菊花的父亲在山上砍了柏树回来，把卧室分成了两段。在卧室的一头，也就是靠近学校的这一边做了种蘑菇的场所。

架子很快就搭好了，共四层。在菌种上架后，就只等蘑菇出来了。菊花那些天最快乐的事就是一回家就去观察蘑菇的生长情况。那些像星星一样的一个个白点，只要两三个晚上，就能冒出一朵洁白的蘑菇来。

牟雪华天不亮就把蘑菇采下来，用小刀去掉带有土的蒂，把蘑菇用干净的方布包起来，把方布的四个角交叉打上结，或背或拎着就去交蘑菇。孙莲芳起床后，会把削下的蘑菇蒂再削一次，取出还有指甲盖一段的蘑菇脚来。那些菇脚将在她的手里变出一碗鲜美的汤。

有时候，会有交蘑菇时工作人员挑选出的不合规格的蘑菇带回来；有时候，会有一两朵长得特别快的菇等到采时就开了花的。如果是这样，全家就更有口福了。

菊花最高兴的事，莫过于周末跟着大人去卖蘑菇。村上收蘑菇的地点设在小寨村与龙王庙村的交界处，可得走上整整一个小时呢。

那里有一座村小，那里的教室可气派了，整座操场就足足有她上学的教室大。操场旁的围墙上用粉笔写着《社会主义好》《南泥湾》《三大纪律八项注意》等歌曲。操场的正中央还竖着一根高高的旗杆，上面的红旗真是鲜艳啊！

不仅如此，学校的旁边还有小卖部，里面有各种菊花没有见过的学习用具，那里面的冰糖馅芝麻饼子可好吃了。菊花常常跟着来卖蘑菇，偶尔能得到芝麻饼子，这对她来说，再远的路也值了。

鲜蘑菇不像其他干货，今天卖不了明天卖。如果懒了一天，头天该采时没采的蘑菇就开了花，这样的蘑菇就没人愿意收了。每天采的蘑菇无论再少，也得跑一趟。所以卖蘑菇的队伍中，就不乏有小孩子。他们常常或提或背着三五斤蘑菇跟着左邻右舍去卖蘑菇。菊花跟着大人走了几回后，拍拍胸脯表示自己也能够独自交蘑菇。

她早就把交蘑菇的流程弄明白了，不就是把蘑菇带到后先排队，等轮到自己时，就递上自己交蘑菇的本子。这种本子凡是交蘑菇的家庭每家都有，上面记录着户主、日期和所交蘑菇的重量、质量，等到蘑菇一天一天采完了时，上面统一算账。

递上本子后，让工作人员先拣选掉不入法眼的蘑菇，然后再盯着他们上秤。在上秤的时候，不管懂不懂那个秤，都得盯着，表示自己也是个内行，让称蘑菇的人感觉到他不能在你的面前缺斤少两。上完秤之后，就把蘑菇倒进一个装满清水的大黄桶里，然后拿回本子核对下上面填的数字是否准确，就万事大吉了。

菊花终于等来了独自去交蘑菇的差事。母亲先是让她放假时跟着邻居们一道去。慢慢地，菊花走了几次，母亲就放心地把卖蘑菇的差事交给她了。

又是一个月圆之夜，睡眼蒙眬的菊花被母亲叫醒了。母亲说："娃，天亮了，你快起来吧。"

牟雪华早已做好早饭。菊花吃过早饭，得到两毛钱的嘉奖。牟雪华这天有事走不开，知道采下的蘑菇有点多，对于菊花来说有些重，但男人送高娃儿学艺没有回来，大女儿桂花又不在家，更不能让老人家去，只得早早地叫菊花卖完蘑菇回来上学。

菊花因为有了两毛钱，高兴地把高过自己头顶的蘑菇背在背上对牟雪华说："妈，这不重，我能行！"

菊花前前后后交了三年的蘑菇，但就是那一次交蘑菇，她感觉蘑菇就像在背上长着似的，越背越重。

开始的时候，她总能走上一大段路才歇一次。后来看到可以放背篓的地方就休息。她自己也说不清在路上休息了多少次。有一次她竟然在大路上睡着了。当她醒来时，天上月明如初，她不得不起身又走。

就这样走走停停，她终于把蘑菇背到终点。那时的天还没有亮，她就又在门口睡着了。直到收蘑菇的工作人员开门时，被倚在门槛上睡觉的菊花吓了一跳。菊花在工作人员的一惊一乍中醒了过来。

菊花那天感到特别高兴，因为工作人员既没有拣选她的蘑菇，还把她的蘑菇评了 A 等。评上 A 等就表示每斤的价格要多几毛钱。一般情况下，户主们能评上 B 等就不错了。收蘑菇的工作人员亲切地跟她说了很多话，递给她本子的同时，还把他的早餐——一颗大苹果送给了她。她在回家的路上美美地想，长大了自己也要找一份能吃一颗苹果当早餐的工作。这是她自交蘑菇以来，唯一的一次第一个上秤的，这让她尝到了成就感！

菊花没有吃掉苹果，她觉得苹果是她挣到的，应该和家人一起吃。菊花回到家后就病了，不用想也知道那是背蘑菇时出了汗，后来又受了凉所致。但这次菊花病得很诡异，吃了两副药还不见好，咳嗽还带着血丝。

孙莲芳决定一早带着菊花去问神。那神婆端来一碗水，在水里撒了一把米，然后就用菊花听不懂的腔调说菊花在路上撞邪了，要做个道场才能好，并且叫菊花以后不能走那条路了。

最后菊花喝下了那碗撒了米的水。其实稍微懂得医学常识的人都知道，一般的风寒感冒，就算是吃药，它也有一个好的过程，这个过程——先是轻微地感觉到浑身无力、头昏脑胀，随着药物的作用，患者就会有流鼻涕、打喷嚏等症状，这些症状一旦表现出来，就会让人感到病情有加重之感，其实也正是病毒通过药物发散出来的形式。只有过了这个看似严重的高峰期，病人才会感到全身舒坦，身体健康了。孙莲芳在菊花感冒病毒外排之际，去求了神助。接下来，菊花感冒好转之功自然而然地就错误地推给了神助。

菊花感冒好了之后，牟雪华仍旧叫菊花去卖蘑菇，但是严令禁止她走那条撞邪的路。菊花每次都认真地答应着，让孙莲芳和牟雪华不知道的是，菊花在此后交蘑菇的时候依旧走了那条最近的路。

小秘密

张永安送高先生学艺的事，只有牟雪华和菊花知道。孙莲芳一直以为儿子跟几位堂侄去山里背盐了。

菊花知道这是秘密，她是偷听了父母谈话才知道的。她听父亲说必须瞒着家里的老小和外人。家中的老人是孙莲芳，小孩肯定就是她自己了。她也明白了要瞒着外人的原因，原来是父亲担心家里时常没有男人在，怕祖孙三代受外人欺负。

菊花将这些话听在了心里，她像无事人似的，假装被父母瞒住了。每当父亲要出门时，菊花就暗暗地向观音娘娘祈祷，保佑父亲平安回来。在菊花的想象中，父亲在上山的路上，腰里系的绳子牵着高先生，肩上挎着干粮，左手要高举火把，右手要推开挡在路上的荆棘，还要耳听六路、眼观八方，防止野兽的攻击。她好像看到父亲和高先生被一群狼围在中间，她不确定那是不是狼，因为她还没有见到过真正的狼。但是她曾经看到过黄鼠狼的身影，当时黄鼠狼来院子里偷鸡。那是一只比大白狗偏瘦的身子，全身披着黄褐色的毛，有着长长的尾巴，耳朵看起来没有大白狗的耳朵大。就那么一瞬，它就跃上柴棚逃走了。

她现在想象的狼，比起黄鼠狼来大多了。因为她知道攻击鸡的动物肯定要小得多，而敢伤人的，一定是庞然大物了！

她开始替父亲和高先生担心起来，暗地里不由得为他们的行程捏了一把把冷汗，她好像看到父亲先是把猎枪对准一只怪物，"砰"的一声，铁砂子四散飞去，父亲的面前倒下一大片正要扑向他们的怪兽。正当父亲为自己的勇敢而高兴时，菊花发现从高先生的后面又扑来了一群狼，她急得大叫："爸，后面！"

菊花被自己惊醒了，发现自己趴在方桌上睡着了。想到作业还没有做，于是，她就乖乖地打开书包取出书本做起作业来。她的心没有平静下来，还在为父亲担忧。

那天晚上，她缠着祖母给她讲"武松打虎"的故事。其实这故事是父亲以前给她讲的，她不知怎么就记起来了。祖母只会讲"牛郎织女"和"孟姜女哭长城"的故事。她却怎么也不想听，就想听"武松打虎"。祖母讲不出来，就顺势引导她自己来讲。

她就有声有色地把武松打虎的故事给祖母讲了起来。不过她不是讲的武松打虎，而是讲的"武松打狼"。在菊花的意识里，狼应该比虎更可怕。

那天晚上，菊花做了一个梦，梦中的父亲高大英勇，面对扑面而来的狼群，赤手空拳，面无惧色，只见他一拳一只，把面前的狼打得落花流水，后面的狼全都吓破了胆，它们全部匍匐在地，像招财狗和大白狗一样伸着长舌头摇着尾巴对父亲摇尾乞怜。

她又梦见，观音娘娘头顶圣光，手持鱼篮，端坐莲花之中，出现在独峰山上，只见她玉手一指，一条宽大的白玉石阶路直通父亲的脚下。山峰上，草庵里，老道士正闭目打坐。草庵的草也不是普通的草，那些草散发着金光，散发着清香。

她还梦见，草庵下，三个穿着道袍的人坐在夕阳下。其中两人正在对弈，一人在旁观棋。夕阳从草庵的侧面探出头来，迟迟不肯缩回去，好像定要看到两人分出胜负才肯离开似的。草庵的旁边，正咕咚咕咚地煮着一壶茶，茶香在空气中氤氲着。仔细看时，那弈棋的其中一人便是父亲。

第二天白天，菊花没头没脑地问："妈，爸背盐时带酒了吗？"

祖母取笑她："你爸是去挣钱，带酒干什么？"

菊花想说武松上山不是喝了很多酒吗，但她没说，飞也似的跑去学校了。

随着父亲不断地出门，回家的次数加多，菊花的小小心脏所担心的事也就慢慢地淡了下来。

但是孙莲芳开始有怨言了："三天两头往外头跑，把女人娃儿丢在家里不管不顾，田里庄稼到处都是活，挣的又拿不到现钱，不是白干吗？"

孙莲芳见张永安每次"背盐"回家既没给家里添置东西，又没给大人娃儿买半颗糖时，就开始数落起她的儿子来了："命上只有八颗米，行走天下不满升，人啊，要知足，你不是吃那碗饭的，就别去了。"

张永安依然我行我素，常常是菊花一起床时就不见了父亲，几天后的饭桌上又多了父亲的碗筷。

菊花不知道父亲的这种决定到底对不对，但这是她的秘密，也是父母亲的秘密，她得帮着父亲母亲把秘密瞒下去。她常常看到祖母要训斥父亲时，就缠着祖母做其他事情去，她的这些小聪明的确为父亲解了不少的围。

天下只有妈妈好，有妈的孩子像块宝。无论在如何艰苦的环境下，只要有妈妈在，孩子是不会挨饿受冻的，也不会受苦受难的。菊花的父亲自从送高先生去学艺后，他的活儿就全落到牟雪华的肩上来了。

那些天，牟雪华白天要做田地里的庄稼活，晚上要给全家人缝补衣服和做过冬的棉鞋。

菊花主动跟母亲睡觉，那是在父亲走后。菊花愿意跟母亲一起睡，主要是她心里觉得她跟母亲在父亲出门的这件事上是同盟者。

菊花经常一觉醒来，发现屋里的灯还亮着。她感到奇怪，刚开始的时候，母亲不是当着她的面把油灯吹灭，说是要一起睡觉，而且还要比赛看谁先睡着。

她侧过身发现母亲还坐在铺里纳鞋底。

"妈，你怎么还不睡？"菊花睡意蒙眬地问。

母亲侧身把被子往菊花的脸上蒙，她是有意识地蒙住菊花的眼睛，怕灯光影响她睡眠。

"妈是大人，瞌睡少，你快睡，妈给你做棉鞋，等不了多久，你就可以穿新鞋了。"牟雪华温柔地说。

冬天很快就来到了。菊花如期穿上牟雪华做的棉鞋，她知道这鞋是母亲牺牲了无数个夜晚的睡眠才做成的。在一个周末，她去同学家玩，准备回家时，天公不作美，下起了雨。

出了同学家的门，菊花就迈不动脚了，她感到脚上的鞋子重千斤，因为脚上穿的正是母亲一针一线做的棉鞋！

她踌躇了好一阵子，终于一咬牙，脱掉了鞋袜，光着脚丫回到了家。

当牟雪华看到一手提鞋袜一手提裤脚的菊花时，表情真是惊呆了："娃，你咋把鞋袜脱了？"

"我不想把鞋弄脏了。"菊花边说边打着寒战。

牟雪华心疼地把菊花一把抱起来，放在圈椅上，为她打来一盆热水，把菊花那裹满污泥的冻得像红萝卜的脚放在水里。

那应该是母亲最后一次为菊花洗脚吧。因为菊花后来只记得母亲那次给她泡脚的情景。当时，母亲的眼睛好像还闪着泪花，她还挠了菊花的痒痒呢！不仅如此，母亲还严厉地警告她："不许在冬天打光脚丫子！"

菊花知道，母亲的严厉是装出来的，母亲的严厉里包裹着爱。如果再遇到雨雪天，她还是舍不得把棉鞋踩脏的。

母亲用热水给菊花洗了脚，热水温暖着菊花，母亲的温情融化着菊花。当她穿上舒适的棉花鞋后，把母亲推到刚才自己坐的椅子上坐下。

"妈，你坐着不许动。"菊花端着刚刚洗自己脚的那盆洗脚水出去了。

牟雪华看到女儿神神秘秘的样子，以为她要去拿什么东西让她看，果真就坐在椅子上等。

不一会儿，菊花进屋来了，端了一盆还冒着热气的水。她将水盆放到牟雪华的脚下，认真地对她的母亲说："妈妈，叶老师在学校给我们讲了五讲四美，所以，现在，就该我给您洗脚啦！"

牟雪华看着女儿可爱的样子，毫不犹豫地把穿着半胶鞋的双脚跷到了蹲在地上的菊花面前。谁知菊花刚开始还是认认真真地给牟雪华洗脚，洗着洗着她就挠起了母亲的痒痒。霎时，房间里充盈着母女俩的笑声。

用电风波

1979 年即是改革开放之初，全国已经普及电力了。巴中也是在这一年普及了电力。由于小寨远离村镇，人口少，牵线立杆困难，通电推到了1988 年。

"屋里有根藤，藤上结个瓜，一到太阳落，瓜里开红花。"这个有关电灯的谜语在三月的春风下吹遍了小寨的山前山后，几乎所有上学的孩子都喜欢这个谜语，也知道这个谜底。那是因为小寨将要改写照明的历史，要通电了！

这是个激动人心的好消息，让人想想就觉得比吃了肉还幸福。主电杆在一阵阵铿锵有力的号子声中立了起来，用树代替的分电杆也响应了站起来的号召。一到放学的时候，孩子们就远远地围着电工转，他们对电工那双带铁弯钩的鞋子感兴趣，对一切新鲜事物感兴趣。憧憬那根带电的线，憧憬那颗能发光的瓜。电工在电杆上接线，他的身体被夕阳笼罩，孩子们好奇地向着余晖、向着电工行注目礼。

这电是多么神奇啊，就那么两根电线，竟能给家家户户带去光明。菊花常常望着屋里的电灯泡出神。

电通了，给人们带来了方便，但是用电就像进馆子，进馆子吃了食物要给钱。用了电每月底是要付电费的。一到月底的时候，收电费的先生就来了。裤腰带上吊着一大串钥匙，走路的时候，钥匙随着屁股的摆动而发出叮叮当当的声音来。先生腋下夹着一个半褐色的黄皮包包，包包里放着笔和专门用来记各家用电度数的小本子，手里拿着一把手电筒，挨家挨户去抄用电度数。

电表都是用木箱子包起来的，每个木箱子上都有一把锁，而这些开锁的钥匙全都在收电费的先生这里。一般情况，他是不开锁的，他打开手电筒通过木箱的孔洞向里看，这样就可免去开锁的麻烦。尽管如此，他的钥匙还是要带上的，以备不时之需。

收电费的先生每个月至少要来两次，第一次是挨家挨户抄电表，因电表安装的位置都很高，很多时候收电费的先生都是要扛着梯子走。一般的农户家庭都有梯子，但个别的家庭还是没有的。

每到收电费的日子，人们都带着恭顺甚至谦卑的神情围着电费先生转。有人热情地给他递烟，有人好客地送去浓茶，还有人跟在电费先生屁股后面，帮他扛梯子。

他们的这些举动一半是出于好客，另一半就是觉得跟电费先生拉上关系了，电费先生在抄表的时候，就会笔下留情，少抄两度，或者是算损耗的时候，少算一点。

唉！在这些朴实的农人眼里，规章制度永远都比不过人情。不是有句俚语吗——人对了，飞机都可以刹一脚！

四合院的住户比电费与年关时比谁家年猪喂得肥是两回事。前者比少，后者比大。

前几个月，大家的费用都差不多。可越是往后，菊花家的电量就比平时还多一倍。

全家人都很纳闷，一样的用法，为什么电费会增加这么多呢？于是，家里一系列节电措施就相应出台了。全家人做事时，都在一个灯下做，不在农忙时做晚饭要在天黑前做，夏天的家庭作业不能用电……

一系列的节电措施有序进行，可到月底的时候，电费依然居高不下。菊花的家人开始怀疑电费先生乱收费，张永安就要求电费先生打开锁让他也看个究竟。

电费先生的眼睛没有出错，笔也忠实于手，把真实用电度数呈现在本子上。电费先生建议："你家的情况的确很特殊，有可能是电表坏了，重新买个电表换了吧。"

换了电表的电费依然如故。大量的电费让菊花家感到可疑，但又找不到问题所在。虽然整个四合院家家都通电，但平时大家都很节约，晚上的时候几乎每家都只有一盏灯亮着。可是，其他几户的费用一直都很稳定。

全家人带着疑问，最终来了次彻底的试验，就是整个月不用电，看看月底还有没有电费。月底时，收费先生照例在电表上抄出了一串用电数字。这让菊花家彻底地傻眼了。

张永安将整月没用电的情况给收费先生说了，这才引起了收费先生的高度重视。他立即感觉是哪里漏电了。

带着疑问的收费先生从分线、进线一根根查出去，终于查出了问题所在——原来菊花家的猪圈侧面紧临着张永德家的房子。张永德与四合院张氏兄弟同祖不同父，猪圈墙壁上的电线上多出了一根分线，这根分线钻进了张永德儿子张大兵家的厨房。这条分线隐蔽性很强，如果不是顺着线查，是根本发现不了的。

张永安知道情况后把收费先生从四合院的院坝里拉进屋，叫女人牟雪华去厨房里给先生泡一杯茶来。

张永安将一整包纸烟放进收费先生的上衣口袋里，对先生诚恳地说："老哥儿，这电的事一求你就别往上报，二求你烂在肚子里，都是自家侄儿，说出来也不光彩。他们分家不久，家里困难。"

傍晚的饭桌上，牟雪华强烈要求丈夫张永安去找侄儿张大兵算账，把之前多花的电费要回来："怪不得每次收电费就他家电费最少，他这是明目张胆地偷电！真正是头顶上砸核桃，欺人太甚！必须讨个说法，不然还觉得我们好欺负！"

牟雪华一番激烈言辞后，菊花赞同地点了点头。

张永安一把搂起菊花，把口中吸的烟猛喷了一口："你呀，就知道跟你妈瞎起哄，你知不知道得理且饶人啊，你知不知道留得三分情面，日后好见面啊。"

交出当家权

小寨一到年末的时候就热闹起来了。那是因为有了春耕才有秋收，有了整整一年喂的猪，才有了热热闹闹杀年猪的景象。

每到杀年猪的时节，也是家家户户最喜欢串门儿的时节。串门儿多半会品评主人家的猪喂得如何。如果主人家的猪喂得肥，那定是要美名扬的。猪喂得肥，在旁人看来，说明这家的女主人能干，勤快；在自家人看来，这是运气好所致。这时周围的人就会给大肥猪传名，说某某家喂的猪像头牛一样大。这样的风俗习惯在多年后的乡村也一直延续。虽然养猪只是会过日子、能干的表现，但是被屠户或邻居夸过的家庭，那无疑比中了头等奖还要高兴。

四合院也不例外。这些外地娶来的媳妇们，平时都暗中较着劲，想把自家的猪喂肥、喂壮，以期在年末的时候"名利双收"。

这年，菊花家可高兴了。在还没到杀猪的时候，孙莲芳和牟雪华就悄悄地观察了四合院各家养的年猪的肥瘦情况。比来比去，还是觉得自家的猪喂得最肥最壮。一想到杀年猪的时候，众人投来羡慕的眼神，她们的心里就甜滋滋的。

孙莲芳提前给家里人安排，最好在学生放假之前杀年猪，这样就可以趁着杀年猪的时候请叶老师到家里来吃顿饭。

乡下有这样的风俗，每到家里有重要的客人，或是大办宴席的时候，学生家长就会请老师到家里聚聚。所以每年腊月底正月初，老师可就真正开始走村串户了。

老师对于家长的邀请，是不好拒绝的。大家都是乡里乡亲，何况一年到头也不能像刀劈竹子一样"遇节空过"，何况家长也想了解孩子在学校表现如何。其实这正是家长与老师互动的必不可少的环节。

杀猪这天，菊花可高兴了。她高兴可不是因为叶老师要到家里来吃饭，反而因为叶老师要到家里来，菊花倒显得不好意思起来。孩子的世界是美好的，是理想的，突然换个环境来面对老师，感觉一下把她从天上拉回到地下来。她的心里不免有点别扭。

她高兴是因为她家杀年猪后，至少在今后的一段时间内能天天吃到肉了。最让她心心念念的是油肠子炸的花。祖母会把熏制好的大肠切成小圈，拿到锅里煎去油后的油渣儿放到她和姐姐的饭团上。那味儿香香的，脆脆的，让人一想起就忍不住流口水。

菊花想到油渣儿，才记起上次吃肉还是大姑婆来的时候，时间大约在一个月前吧。大姑婆是爷爷的姐姐，那个讨厌的老太婆，给她家每人做了一双鞋。她总是指着一双鞋道：这双是老太婆的，这双是张永安的，这双是雪华的，这双是桂儿的（她把桂花叫桂儿），然后，她指着最小的一双说道："这双是狗的。"

"这双是狗的！"

"这双是狗的！"

她就这样翻来覆去地对着菊花说，边说还悄悄瞄菊花的面部表情。菊花再笨也知道最后那双是她的，可大姑婆明明白白地不止一次地说那双是狗的。菊花一想到这儿，对大姑婆就没有了好感。

记得大姑婆来的时候，家里没有肉了，祖母还悄悄地带着她到大伯母家借了两斤肥肉。回来时，祖母再三叮嘱她："不要说出来，要保密。"

对，还是那次吃过肉呢。菊花吧唧着嘴想道。

杀猪的场面应该非常热闹，只可惜她要上课。她今天上课老是走神，一会儿想着众人赶猪的场面，一会儿想着把猪放到滚烫的水里剃毛的场面，一会儿又想到中午丰盛的午餐……

想着想着，从四合院就传来了猪撕心裂肺的叫声……

好不容易等到放学，菊花一溜烟跑回家里。厨房里，大伯母、三伯母及两个嫂嫂都在帮忙。院坝里，三伯在捋肠子，屠户在案板上切肉，他要把整条猪切成小块。屠户也姓张，十里八乡的人都找他杀猪，很多胆小的孩子，如果调皮捣蛋，大家就说张屠户来了，孩子们就一下子安分下来了。

那时候的孩子，怕屠户比怕警察还厉害。屠户杀猪那可是大家亲眼目睹的。想起那明晃晃的刀，白刀子进去，红刀子出来。那铁勾子，往猪的屁股后一勾，猪就被吊起来，任屠户开膛剖肚。想想都害怕。

菊花不怕，因为跟张屠户太熟悉。

菊花看到张屠户正把猪放在案板上大卸八块，立马又来兴致了。她要张屠户给她"猪八戒"。"猪八戒"其实就是猪惊骨，长在猪头里，因为它的样子非常怪异，既像猪头，又像鬼脸，还有点像龙头，所以人们称为"猪八戒"。"猪八戒"是孩子们最喜欢玩的。老一辈的人常把"猪八戒"别在小孩子的帽子上，说是可以避邪。

就在菊花喜滋滋地等"猪八戒"时，叶老师的身影出现在众人面前。要说孩子不怕老师那是假的。菊花看到叶老师过来，就像老鼠一样悄无声息地溜到正房去了。

杀了猪是要回娘家看长辈的。第二天，菊花和桂花上课去了，张永安和牟雪华背了四根猪脚杆、猪心、猪舌、猪肚和四束肉往青平镇走去。青平镇是牟雪华娘家的方向，四束肉是去走亲戚用的，娘家的四兄弟一家一束。其他的肉是拿到镇上卖的，好为来年桂花菊花两姐妹的学费做准备。

青平镇很远，步行要走三个小时。那年代走三个小时不算什么。背私盐的一走就半个月呢。

走到三分之二的路程时，他们在路边休息，碰到一个身材高大的男人，主动跟他们打招呼，问他们干啥。

张永安说："去卖肉。"

牟雪华说："回娘家。"

那人从包里抽出两支烟，一支递给张永安，一支给自己点上，吧唧一口，说："看看卖些啥肉，我正好想买。"

张永安以为遇到了买主，就热心地揭开背篓上的纱布。男人掂着手在背篓里左翻右翻，最后在纱布上揩揩手说："我家女人喊我买排骨和瘦肉，可惜你又没得这些。"

两个小时后，菊花家里来了一位身材高大的男人。他到家后径直找到孙莲芳，对她说："我是你儿子叫来背排骨和瘦肉的。青平镇好卖，能卖个好价钱。"

孙莲芳听后毫无顾虑地找来背篓，把整条猪的排骨和瘦肉装好，又多放了两块肥肉，她想既然儿子说了，市场上肉好卖，可能是她家今年杀猪杀得早的原因吧。肉能卖个好价钱，那就多卖些也无妨，今年的猪大嘛。

孙莲芳喜滋滋地把肉装好，看着那男人把肉背走，心里还在盘算这些肉卖了后明年的化肥和学费就不用愁了，说不定还能给两个孙女打一套花布衣服呢。

夜晚原本是宁静的，可是菊花家却平静不下来。张永安和牟雪华回家后知道被骗走了肉，那心情可别提有多糟了。孙莲芳一声不吭地倒床不起，牟雪华则哭得死去活来，张永安坐在灶前一根一根地抽着闷烟。就连菊花和桂花的心情也糟到了极点，竟然没有再去二伯家蹭电视剧看。

自从肉被骗走后，孙莲芳就主动交出了当家权。在那之前，家里所有的钱及其开支都是这个能说会道的老妇人一手操持，一手安排的。

交出了当家权，手头就没有闲钱了。在以后的几年中，孙莲芳曾先后悄悄地托院子里的侄媳孙媳上街时帮她卖粮食。每次就卖十斤。那时的麦子市场价三毛一斤。当她悄悄卖了不到五十斤麦子时就被牟雪华发现了。

啧啧，可想而知，这又是一场轰轰烈烈的婆媳大战。这时的牟雪华，不再是之前刚嫁过来的样子，看着地走路，埋着头干活。

其实孙莲芳吧，她也不是不顾家。只是她是一个爱面子要强的人。她的娘家就住在对面山上，娘家的侄儿侄女偶尔来走动走动，她做为长辈多少是要封个小红包吧。哪怕只是五毛或是一元，这也是面子上的事情呀。

可孙莲芳是个面子要强的人，这些事儿她明明可以跟家里人商量，可不知她是怎么想的，也许是她觉得家里人不会同意，会说她偌大把年纪了还顾娘家。所以她才悄悄卖了麦子来成全面子。

　　她万万没想到，面子是有了，里子却空了。那时候，土地刚分下户不久，土地贫瘠，产量并不高。年年的粮食到年尾了就不够吃，中途还要吃几个月红苕才接得住来年的粮。本来就不多的柜子里突然少了几十斤粮，牟雪华当然就能发现端倪来。

　　唉，善良的孙莲芳，可怜的孙莲芳，这个好强的女人，越来越不受待见了。

绘画：魏友杰

给牛讲故事

一年有春夏秋冬，冬去了春又依旧灿烂。但人就不一样了，人会一年一年地老去。树老了，叶就要掉，根就要烂。人老了，思维就会退化，身体机能就会老龄化，行动就会受阻，大大小小的病就会随之而来。

自从菊花的祖母孙莲芳交出当家权之后，她的心里就觉得自己可能真的老了，不能担起一家重任了。一想到这些，孙莲芳的心里不免就有颓废感。人的心里一旦有了负能量的东西，她对生活的激情就大打折扣了。

正如医院的病人，躺在病床上，想着自己天天要面对打点滴、吃药、抽血等一系列的检查，心里就不是滋味，觉得活着真没意思。

有亲人来探望他，对他说："你放心，家里的事都安排好了，你就安心养你的病吧。"这虽是一句关心人的话，但是病人就会想，家里真是有我不多，无我不少啊。看来我真是没用了，不能在家里撑起一片天了，活着也没有多大的意思啊。

偶尔有亲人被身边的心理学专家指点后去探望他时，就喋喋不休地问他："家里的果园今年施肥了吗？孩子明年准备在哪儿读书？鱼塘里放了多少尾鱼了？怎么办？这些事儿以前全是你在做，我一点都不懂啊……"病人听到这些，心里就会琢磨，我还不能倒啊，家里还有那么多的事等着我呢！说不定想着想着他的病就比医生预期的时间提前好了。

孙莲芳的情况就属于上一种，自从交出当家权后，她就真正觉得自己是个老太婆了。既然自己是个老太婆了，就得犯一些老太婆的糊涂。果然，在随后的时间里，这个老太婆可就真糊涂起来了。

她糊涂的第一件事，就是用火熏蚊子，结果把猪圈给烧着了。

那是夏秋之交的傍晚，孙莲芳先是去猪圈上厕所，可能在里面待久了，不停地受到蚊子的干扰。她不知怎的，突然脑洞大开：用火来烧蚊子，每天烧上一遍，蚊子肯定就没这么多了。

于是，孙莲芳回到厨房抱了一抱干柏枝到猪圈，她还细心地把柏枝分成几个小把，然后手持点燃的柏枝在各个猪圈里到处晃动。

孙莲芳的思想就如搭了钨丝的电灯泡突然断开了一样，她就没有想到整个猪圈顶上堆放了刚刚从田里收回来的干稻草，这些干稻草是堆在猪圈顶上，一来干燥，二来喂牛方便。而此刻的孙莲芳，被蚊子的干扰而愤怒地冲昏了头脑，竟然用干柏枝在猪圈里熏蚊子，这不是秃子头顶的虱子，明摆吗！

孙莲芳认真地烧着蚊虫，看着那些被烧死的蚊虫，她的心里不知有多么解气呢。她万万没有想到，柏枝飘起的火星早已隐入稻草中，等她觉得把蚊虫烧了一遍后，才非常有成就感地回到前院乘凉去了。

时间在不知不觉间溜走，谁也没有注意猪圈正燃烧着熊熊大火。

　　就在众人正谈天说地的时候，院子里突然蹿出一只猪来。众人正在吃惊中，又听到不知谁家的牛"哞哞哞"地叫了起来。

　　孙莲芳看到院子里出来的猪，忙跑到众人看电视的张永泰家大声叫道："谁家的猪出来了，快出来看看。"

　　孙莲芳万万没有想到，这猪竟是因为猪圈着火而跳出来的。此时猪圈旁边的牛，看到火起，正狂躁不安地想挣脱鼻子上的绳子，挣不脱绳子，就急得"哞哞哞"地大叫起来。

　　众人出得屋来，各自回猪圈去检查自家情况。

　　却见张永民在对面廊檐下惊讶地大叫起来："着火了，是老四家猪圈着火了！"人们一窝蜂地退到四合院左边向对面望去，冲天的火光把半边天映得红红的。

　　张永安见状，急忙跑到牛圈，冒着熊熊大火把牛牵了出来。这牛可是命根子，耕田耙地可离不开它。

　　牵出的牛尾巴上和后背上的毛已被大火烧去，留下一块一块黑黑的皮肤。

　　众人忙着拿起自家的桶、盆灭火，幸好四合院外有一块长年有水的冬水田。在小寨，靠天吃饭是常事，所以几乎每家都蓄有冬水田，以便来年好收水栽稻。

　　直到大半夜，大火才被扑灭。

　　孙莲芳被突如其来的大火吓傻了，好半天才回过神来，明白火灾因她烧蚊子而起，后悔离开之前没有回去检查一遍。

　　她心里愧疚之极，但面子上不敢承认。她想反正已经烧了，谁也没见我去烧蚊子来的。如果说出来，又该被人笑话了。去年被骗了肉，今年又烧了自家的猪圈，这还了得？

　　第二天一早，张永安到猪圈去检查，发现了燃烧过的柏枝火把。他觉得不可思议，难道是有人故意放火烧咱家猪圈？

　　张永安把疑问给家里人说了，孙莲芳先前还是闷在心里不说原因。最后看到儿子儿媳把四合院的每个人都加进了怀疑对象，他们就像故事中疑别人盗斧一样，越是怀疑那个人，就觉得那个人越是像放火的人。最后，他们竟然觉得所怀疑的每个人都有放火的嫌疑。最后，牟雪华发话了："别怀疑了，还是报案吧。"

　　听到要报案，孙莲芳再也憋不住了："别报案了，火是我放的，我不是烧房子，我是烧蚊子。"

　　张永安愕然，牟雪华愕然。

　　虽然错在母亲，但回心一想，猪圈已经烧了，母亲是长辈、是老人，再责怪也于事无补，毕竟这是老人的疏忽大意啊。他们想想也就忍了。

　　张永安和牟雪华能忍，可菊花不能忍。她看着牛身上那一片一片被烧焦的毛，摸着牛那被烤伤的皮肤，眼泪像打开闸的水一样哗哗地流了出来。

　　别看她年龄小，她常常牵着牛到水田饮水。家人农忙时，她还能帮着父母把牛牵到田里。夏天耕田后，牛拴在树脚下吃草，牛虻就趁机去吸牛的血，菊花常常不厌其烦地帮牛赶蚊子。

　　她和牛是伙伴。老师不是常讲吗？牛是任劳任怨的，牛是人类最忠实的朋友。牛郎织女的故事她能倒背如流。多少次的梦中，她家的牛开口对她说话，她一点儿也不惊讶，反而觉得这是她的诚心所致。她觉得自家的这头牛不是李耳进函谷关骑的青牛，就是牛郎织女里的那头能飞的神牛。

　　因为火烧牛毛这事，菊花好些天没跟祖母睡觉。

　　那段时间，孙莲芳天天拿着没有煎的菜籽油抹在牛身上，听说那样能治烧伤。菊花则天天围着牛转，她觉得牛虽然不会说话，但是从它的那双眼睛里可以看得出，牛能听懂她的话，能懂她的意思。为了安慰牛，菊花还常常缠着祖母在新修补的牛圈里给牛讲故事，说是让祖母将功补过。

祖母心里有愧，常常晚上时，就依着菊花所讲，要去将功补过。还是张永安最有办法替他的母亲解围，他常在屋子的后门大大地吼一声："看电视去啰！"

菊花才扔下祖母和牛一溜烟跑去看电视了。

人啊，真是说老就老了。你还别不信，电视里不是有一夜白了头的白毛女吗？

孙莲芳也是，说她老她就老了，老得连梦境和现实都分不清了。

那是一个炎热的中午，孙莲芳在家睡午觉，菊花则在旁边玩耍。孙莲芳突然醒来叫菊花："幺孙子，快来哟。"

菊花乖顺地来到床边："祖母，啥？"

"脚那头床边有块肉，是你二叔叔还的，快拿出来，免得把油粘到被子上来了。"

菊花揭开麻纱床罩，把床边翻了个遍，没有发现肉。

孙莲芳见菊花好半天还在床边磨磨蹭蹭，着急地说："快把肉拿出去再来耍。"

菊花双手一摊："莫得肉啊。"

"使狗不如自走。"孙莲芳嘴里嘟哝一声，就翻身坐起。她也像菊花那样，顺着床沿找了一圈，果然没有找到肉。她觉得不可思议，明明刚才她正要睡觉时，侄儿送来一块肉，说是还她家的。她就顺手放在床边的，怎么就没有了呢。她想来想去，突然恍然大悟：啊，原来是做梦！

傍晚的餐桌上，全家人被孙莲芳的糊涂彻底地逗笑了。

在以后的日子里，菊花越来越聪明，而孙莲芳的糊涂则越来越甚。她常常煮饭不加米，烧一锅白开水就把人叫回来吃饭。就是这个可爱的老糊涂，还有一次竟然执拗地跟菊花争论四乘以六等于二十三。

绘画：魏友杰

友谊万岁

    裹脚女人杜美丽出现在教室外面，她的左手牵着小儿子红弟弟，原来她是来送红弟弟上学的。红弟弟是个漂亮的小伙子，有着一头浅棕色的鬈发，他的两只小眼睛清澈明亮，黑黑的眸子在玻璃珠内透着灵气。

    红弟弟是第一次来上学，此时已是开学的第二周。因为红弟弟的上学年龄到了，而没有报名，叶老师就去家访了一次，这不，红弟弟就被他的母亲牵来了。

    红弟弟的两只小眼睛对着教室不停地转动，那是每个还没上过学的孩子对书本的渴望之情。心里有一丝窃喜，脸上却有一丝羞怯。

    杜美丽在等叶老师给她的儿子安排位置之际，把口水吐在她的手上，然后两手合拢像搓香皂那样搓了搓，就把她那廉价的"啫喱口水"抹在了红弟弟卷曲的头发上，以此想让她儿子前额上的鬈发看起来更有型，以便让她的儿子得到全体师生的喜欢。

    菊花愿意放弃前嫌，不计旧恨，主动和叶军林玩耍，还源于叶军林在学校的一次轰轰烈烈的壮举——这壮举与杜美丽的口水有关。

那是一天的早读课上，叶老师到小教室去了，孩子们扯着嗓子坐在教室里读书。杜美丽把脸靠近窗子，喊坐在前排的叶军林："军林子，你爸喃？"

叶军林正生着他父亲的气，早上同学们都还没有来时，他父亲就叫他背课文。还说第一节课间休息时会检验他是不是向他保证的那样能如实背下全篇文章。如果背不了，他将会得到一顿教具"大礼"。

叶老师是一位好老师，也是一位好父亲。他对待学生似乎要温和很多，但对待他的儿子就显得很严厉了。从动不动就对叶军林体罚这一点不难看出，也就是从这一点上，叶军林判断出他的父亲不是真正地爱他，对他的态度还没有对其他同学的态度好，这让叶军林很想不通。

"军林子，问你喃？"

"军林子，你个哑巴娃儿！"

在杜美丽一遍又一遍问叶军林他父亲时，叶军林就更不想理她了。叶军林装作没有听见，盯着书上的蚂蚁打架。书上没有蚂蚁，那是他想到父亲对他的严厉，想到父亲对同学的慈祥，他的眼里就有些湿润。

杜美丽是经历过大风大浪的人，她们那一辈的老年人常说，她们走的桥要比娃儿们走过的路多，她们吃的盐要比娃儿们吃的饭多。因此，她们有着不折不饶的精神，有着不达目的绝不罢休的勇气。

杜美丽的脸贴在木窗格子上，还在不停地喊叶军林。

叶军林哽了一口痰在喉咙，突然想起了杜美丽给她儿子抹"啫喱口水"的事，他的那口痰立即像接到命令发射的炮弹一样，随着一股怒火脱口而出，浓痰炮弹正中杜美丽的脸颊。

杜美丽先是一惊，但当她回过神来时，叶军林已离开座位跑得无影无踪了。

杜美丽快快地顺着教室的后墙走去，那个方向正是叶老师的寝室。她一边揩脸上的唾沫，一边喃喃地说："这个娃儿才怪，我又没有惹你呀。"

菊花看着裹脚女人离去的背影，就开始替同桌的叶军林担忧起来。她暗想："唉，冲动真是魔鬼啊！"在她的想象中，叶军林这次应该是逃不掉了，虽然他现在跑了出去，但是当那双摇摇欲倒的小脚出现在叶老师的面前时，她能轻而易举地想象出叶老师那气炸的脸。她好像看到两个身影在操场上跑，后面那位拿着天天放在教台上的竹鞭。

"唉，我可怜的同桌，你就认了吧，高山是挡不住太阳的。"菊花突然记起了不知在哪里学到的"名言"，就喃喃自语起来。

当叶军林再次回到教室时，正是第二节课开始的时候。叶军林虽然装作什么事都没有发生一样，但他那红红的眼圈已经出卖了他所遭受的一切。菊花在本子上画了一朵小花，那是由中间一个圆和外围十几个半圆加一根长长的枝干组成的花朵，这是她新近才学会的。她真诚地对叶军林说："送给你。"

叶军林原本紧绷的脸一下子就露出了两颗洁白的虎牙。

下午放学的时候，叶老师又去家访了，他走时安排叶军林在教室里做作业，等他家访归来时再一起回家。

菊花回家放了书包，原本准备去操场跳沙坑。当她看到叶军林一个人在校时，她就临时改变了主意，请叶军林到四合院去玩。春节时，大堂哥做了一架秋千，开学后，大人就把秋千放到楼上去了。

两个小大人搬来三条长板凳，两条竖着放在两头，上面再横着放上一条，这样就增加了高度。他们好不容易把秋千用扁担捅下来。

他们像亲密的兄妹，一人坐在秋千上，一人在后面推。秋千在荡动着，绳子在木梁上发出有节奏的韵律，和着他们的笑声，充满了整个四合院。

他们变换着花样玩，不一会儿就不再满足于坐在秋千上玩，而是自己站在秋千上荡了起来，还比赛看谁荡得最高。

轮到叶军林自己荡时，叶军林遇到从来没有遇到过的尴尬事儿，他的裤腰太松了！在他用力一伸一蹬腿的时候，就感觉裤子像打了油的泥鳅一样，要从他的腰上往下滑！

但是秋千还在动，他的双手又不能去提着裤子！他只好憋着气，像青蛙似的想把肚皮鼓起来，这样就可以增加他的腰围了。可是理想和现实之间总是存在差距，他在裤子往下滑的同时感到越来越窘迫了。

就在叶军林感到最危险的那一刻，他急得大叫："菊花，别看我！"

菊花正在叶军林背后看得起劲，心想军林子你刚开始两下子还荡得可以，这会儿怎么就荡不起来了。这时却听到叶军林对她大叫。

"为啥呀，你怎么荡不起来？"菊花问。

"快转过身去！"叶军林急促地催道。

"你叫我转，我偏不转！"菊花不解叶军林的大惊小怪，就有些生气地回复他。

"我、我、我裤子要掉啦！"叶军林的声音有了哭腔。

菊花这才回过神来，看到叶军林的两个雪白的屁股蛋子已经露了出来。菊花脸上泛起一阵羞羞的胭脂红，连忙转身跑进屋里去了。

自那之后，菊花和叶军林的合用课桌上再也没有"三八线"了。

相比之下，叶军林荡秋千荡掉了裤子，这是非常幸运的事了。几天后，张山山在秋千上荡掉了两颗门牙。

张山山的门牙被摔掉了后，秋千就被大人们拆了下来。菊花常想：秋千何罪？这真是城门失火，殃及池鱼啊！

吃皮蛋

在四合院的大院坝里，几个孩子围着一个小女孩。小女孩拿着一颗似蛋非蛋的东西在手上，只见她皱着眉头小心翼翼地把蛋在石板上磕破，慢慢地把蛋壳剥开来。剥开来的蛋竟然没有蛋液，而是一颗黄澄澄的实心蛋，蛋的外面还有细细的花纹。

一双双亮晶晶的眼睛把小女孩望着。只见她装出谁要逼迫她吃下那颗怪蛋的样子，艰难地咬了一小口，然后皱着眉困难地把蛋咽下肚。

"你们不能吃，这是治我喘气病的药。"小女孩边吃蛋边对身边望着她的同伴说道。

小女孩痛苦地表演了吃皮蛋，还博得了身边小伙伴的同情："苦吗？""难受吗？"

小女孩也不想独自吃皮蛋。可是皮蛋就一颗，她实在舍不得给那么多的同伴分享，所以就编了一个谎话，说这是她吃的药。之前，她的确吃过一种像小鸡蛋一样的药丸，那药丸也如刚刚吃过的皮蛋一样，被一层胶壳包裹着，胶壳的缝隙处，是用蜡密封了的。于是，她就正大光明地在众目睽睽之下表情痛苦而内心喜悦地吃了皮蛋。

表演吃皮蛋的小女孩不是别人，正是菊花。

菊花的皮蛋，来自堂哥张大成家。张大成常年在外做生意，也常将些乡下没有的玩意弄回来。菊花每次到大哥哥家去，都能得到特别的小礼物，不是吃的就是好玩的。

菊花昨天放学的时候，大嫂正好在她家，原来大嫂是来请菊花父母第二天去帮她家犁田和收油菜的。菊花听后可高兴了。她可是只小馋猫啊，明天正好周六，学校也要放假呢。

周六起床后到大嫂家的菊花，看到大嫂正在剥皮蛋。她就在大嫂面前晃来晃去，大嫂长大嫂短，无话找话。今天的大嫂可能的确很忙，不像平时还对菊花逗逗笑笑。今天的大嫂直接给菊花一颗皮蛋，叫她别再遮自己的影子了。

菊花接过皮蛋高兴地跑开了。乡下一年到头想吃鸡蛋没有，就是有也舍不得吃，就更别说吃皮蛋了。家家户户喂的鸡，一般就三五只。人们的口粮都有问题，哪有多余的粮喂家禽！人们都知道"家有万担，长脑壳不上算"的说法。

菊花这是第二次吃皮蛋，所以她知道皮蛋的美味。第一次吃皮蛋时，那是春节时在外公家，菊花站在外祖母身边，眼看着她把一颗皮蛋剥开切成小丁煮在粥里。

就是那一次，她记住了皮蛋以及它的美味。菊花万万没有想到在大嫂家竟然收获了一整颗皮蛋，让她怎能不心花怒放呢。这么美好的事如果不在朋友面前显摆一下太说不过去了。于是，就有了菊花表演痛苦地吃皮蛋一幕了。

菊花是太有表演天赋了，她常常把身边的伙伴糊弄得找不到北。就拿有一次分糖的事来说吧。大堂哥做生意回来时，给她抓了一把水果糖出来，让她给大伙儿分着吃。

菊花和三个伙伴们坐成一个圆圈分糖，张小昆一颗，菊花一颗；张小豆一颗，她菊花又一颗，张梦梦一颗，她菊花还一颗。就这样，一轮糖分下来，菊花有三颗，而其他人只有一颗。最终，她分得了十二颗糖，其他几人各得到了四颗糖。她还是很聪明的，自己每分得一颗糖，她就装进衣兜里，不给其他伙伴们留下警觉的理由。她就这样分完了糖之后，还理直气壮地问大家："我分的糖公平吗？"

三颗小脑袋都齐刷刷地点头表示肯定。

其实菊花那次也不想占伙伴们的便宜，原因是分糖的时候她的铁哥们儿张大荣没有在场，她就想了这个主意，给张大荣也分了糖。

这样说来，菊花还是比较重义气的。好兄弟就要有福同享嘛。

菊花对张大荣好，是因为他们常在一起玩，张大荣比她大半岁，张大荣常常对菊花说："我是哥哥，我要保护菊妹。"菊花一想起张大荣的这话来，心里就温暖无比。

菊花听着张大荣天天菊妹菊妹地叫，她的心里就非常开心。桂花从来都不叫菊花一声妹妹，这让菊花很是恼火。就在桂花上初中后，桂花的一位同学到家里来，桂花给同学介绍菊花时，都是叫她菊娃子，这让菊花很不开心。

"叫个妹妹都那么难吗？"菊花心里嘀咕。

煮西瓜

夏天，张永安不知从哪里抱着一个皮球一样的瓜回来。他神秘地对两个女儿说："这可是个宝贝哟。"

"不就是个圆南瓜吗？"桂花嘟哝道。

张永安哈哈笑了起来，说："你们吃过南瓜，吃过冬瓜，还没有吃过西瓜呢？这可是好吃得看得见的西瓜哟！"

"西瓜是不是长在西边的？"菊花天真地问。

在一旁纳鞋底的牟雪华"扑哧"一声呛出声来。只见她一连几个干呛后，笑出声来："这傻孩子！"

张永安忍住笑，对菊花说："等我们先吃了西瓜再去研究这个问题。"

一说到吃，菊花就馋得流口水了。她跑到母亲身边，把母亲的鞋底一把扯下，大声地命令母亲："还不快去煮西瓜。"

一直忍着笑的张永安，终于没有忍住，也跟着牟雪华哈哈地笑了起来。

这会儿的桂花跟菊花一个表情，看着笑得气都喘不过来的父母不知所以。

张永安看着两个傻姑娘，摇摇头，走到菊花身边，一把抱过菊花，神秘地说："这西瓜呀，它怪得很，不能在锅里煮，要在水缸里煮。在水缸里煮过的西瓜它才好吃。"

菊花从来没有听说过在水缸里煮西瓜，而且不用加柴。在好奇心的驱驶下，整个在水缸里放西瓜的过程，菊花都趴在水缸沿上观看水里的西瓜有什么反应，是不是也会像在锅里煮东西一样会沸腾，会冒热气，会飘出香味呢？是不是在水缸里煮一会儿，也要像在锅里蒸米饭一样要用筷子戳几下，看看是不是煮熟了呢？要煮到什么时候才放佐料呢？水缸煮西瓜，这真是大姑娘上轿——头一回啊，她的那颗好奇心被疑问装得满满的。

菊花除了看见母亲把西瓜在清水里洗净，放入水缸后，再也没有发现有其他变化，她甚至开始怀疑这水真能煮熟西瓜吗？她好不容易盼到父亲把水缸里的西瓜捞出来，眼睁睁地看着父亲把西瓜先拦腰切开，露出一个圆圆的红心来，仔细一看，红心里还有一点点的小黑点。

张永安指着切成两半的西瓜问菊花："像不像个红太阳啊？"

"是有麻子的红太阳。"菊花补充道。

"对，黑点是西瓜种子，吃的时候要把它吐出来啊。"张永安边交代边把西瓜切成一块一块的。

桂花和菊花一人拿起一块西瓜，迫不及待地往嘴里一送，真正是从口到胃，从胃到肠，就三个字：爽、甜、凉。冰凉的西瓜一入口，真是汁多如泉，味甜如蜜。

张永安切完西瓜，装了几块在盘子里，叫桂花给正在休息的祖母送去。桂花一手拿着西瓜吃，一手端着盘子去了。

西瓜真是太好吃了，菊花边吃边想，她要把西瓜种子收集起来，好让父亲给她种很多很多的西瓜。她一边吃一边小心地收集西瓜种子。就在她一块西瓜才吃了一半的时候，桂花就返了回来，手里的西瓜只剩下西瓜皮了。

菊花看着姐姐又拿起一块西瓜，就发动了小马达，加快了吃西瓜的速度。她见菜板上还有五块西瓜，心里就打着小算盘：姐姐已经吃了两块，父母和自己只吃了一块，五块如果三个人怎么分啊。

她灵光的小脑袋边吃边想，终于想出了一个好办法。她把手中的西瓜放下，拿起菜板上另外一块西瓜，张大嘴深深地咬了一口，放在旁边，又拿起另一块西瓜咬下。

一旁的桂花肺都气炸了："菊娃子，你干啥？"

菊花一本正经地说："我尝尝这两块西瓜的味道是不是跟我手上这块一样甜。猪身上不是有瘦肉和肥肉吗，这西瓜原来只是一个味道。"

"不要为好吃找借口！"桂花气呼呼地说。

"你懂什么，民以食为天嘛，祖母不是常说，做不得就吃不得吗？"菊花见姐姐戳穿了她的鬼把戏，面红耳赤地为自己辩解起来。

菊花理直气壮地放下尝过的西瓜，转而拿起最先吃的那一块慢慢地吃起来，然后接二连三地吃完自己先用口打过号的西瓜。

"鬼灵精的花样儿多嘛。"菊花好吃嘴的样子把张永安和牟雪华逗笑了，却把桂花气得只差没有上去给她两巴掌。

绘画：魏友杰

噩耗

十月的秋天，稻谷归仓，稻田里一派荒芜，那些稍稍湿润的谷田里，径自长着一田青青的秧苗，那些秧苗自谷茬根处发起来，它们像春天的韭菜一样，割一批发一批，直到把田犁上一遍，或是用锄头把田里的土翻上一遍，它们才会停止生长。这种有秧苗的田是最受孩子们欢迎的了，因为可以很快地割满一背草。

周五的下午放了学后，菊花又去割秧苗，这是张永安交给她的任务，叫她在一周之内要把离家不远的槐树田里的秧苗割完。眼看明天就是星期六，再不努力就要挨父亲的批评了。于是，放学后的菊花主动背起背篓到田里去了。就在她认真地割秧苗的时候，听到阿颜在家里狂吠不止。她连忙背起背篓，往家里跑去。还未到家，远远地看到小姑来了。

菊花远远地唤了一声阿颜，狗子就不再围着小姑叫了，而是撒着欢儿地跑向菊花这边。

小姑这次来怎么看都跟之前不一样。她的脸色浮肿，整个人没精打采的，只见她也同样以木讷的姿势坐在虎妞的身旁，时不时还叹一口气，完全不像之前。之前小姑来家，远远地总是笑脸相迎，而且每次来都给她带来些吃的和玩的。

天黑了，孙莲芳和牟雪华一道回来了，她们看到家中的客人很是吃惊。随即，三人神神秘秘地走到厨房去了。她们临去厨房时，祖母还不忘交代菊花："孙孙，你跟虎姐玩，我们去煮饭。"

菊花看到祖母三人一副神神秘秘的样子，口里哦哦地应着，等她们进了厨房，她也就悄悄地跟到了厨房门口。突然，从厨房里传来一阵嘤嘤的哭泣声，再仔细听，那不是一个人的声音，而是几个人一起发出的一种想忍又没忍住的哭泣声！

声音是从灶后传来的！

菊花迟疑了一下，叫了一声："妈！"

房里的哭声在菊花叫过之后立即就没有了，果断得就像猛然关掉了低音喇叭一样。

菊花直直地走到灶门口，看到祖母和母亲坐在小姑两边。神情都不是那么自然。母亲的眼圈分明红了。

"饭好了吗？我肚子饿了。"也不知是怎么回事，菊花突然感到自己很尴尬，好像她出现在灶口坐着的三人眼里，显得很突兀似的。她终于想起到厨房来的目的，于是，她怯懦地问起晚饭来，以此好打消这沉闷的空气。

孙莲芳坐在最边上，她站起身来不自然地抖抖围裙上的灰。菊花分明看到祖母的眼里落下两滴泪花来。菊花温柔地黏上去，抱着祖母的大腿，以此表达出自己的关心。

祖母把菊花抱了起来，自圆其说地道："都怪你爸，抱来的柏丫枝还是湿的，点不燃火，还老冒烟，熏得我们泪水都出来了。"

祖母说完，又把菊花放下来，说："孙孙快去跟虎姐耍，不然烟出来也要熏你。"

菊花听话似的往外走，走出门口后，她觉得大人一定有什么事情瞒着她。于是，她蹲在门外的墙角下想听听她们在说什么。

果然，祖母的声音传来："我说雪华，一切都是命中注定，你就别再伤心了，这说明你命上不带儿子啊。女子也是后人，你就认了吧。"

菊花没有听到母亲回话，但她又听到了母亲轻轻的哭泣声。

门外有脚步声响起，菊花急忙起身往外走。在门口，她碰到了从沙参地回来的父亲。

这些天张永安忙得很，他把所有的精力都放到了成熟的沙参种子上。这沙参种子精贵得很，在小寨，这就相当于主要的经济作物了，一年的化肥、庄稼种子及家里的零用开支，都得全靠这种子了。

前年，他的种子被人偷了。去年，他怕别人偷，就等种子还没成熟就收了。他想的是收种子时连沙参苗一起割回去，等种子在沙参苗上再养两天就成熟了。结果因为种子收早了，致使撒下去的种子发芽率极低。所以今年他下定决心，要白天晚上都坚守在沙参地里。于是，他在屋后砍了几根毛竹，搭了一个简易的架子，架子上挂着一床旧纱布罩子——这就是他临时睡觉的窝棚。窝棚里铺上了厚厚的稻草。他想，只要再坚持三五天，等种子都成熟了，他就算大功告成了。

张永安干农活收工后，没有直接回家，而是去沙参地抽了几杆烟，估计晚饭做好了才回家来吃饭。吃了饭他还要去的，越是关键的时候越不能放松警惕。

菊花看到父亲，就朝父亲向着厨房努努嘴。张永安摸了摸女儿的头，把一口浓浓的烟故意吐向菊花的脸，菊花见状飞也似的跑开了。

晚饭很简单，就是丝瓜煮面条。祖母给小姑和虎妞的碗底各放了一颗荷包蛋，小姑没有吃，把蛋夹给了菊花。

那天晚上，菊花发现母亲没有吃饭就睡觉去了，这让她感到不可思议。同时，她也感觉到吃饭时的氛围异常诡异。坐在桌子上吃饭的人都不吭声，只管埋头吃面，她第一次听到吃面声竟然那么响。

饭后，张永安从他媳妇房间里出来后，对还在饭桌上的母亲和妹妹说："沙参地离不得人，我先走了。"

菊花觉得父亲从回来到现在形同两人，一向爱说话的父亲竟然也沉默起来了。前几天晚上父亲走时还搂着菊花要用胡子扎她的脸，而今天父亲好像忘了自己似的。

晚上，菊花被祖母和小姑的窃窃私语声吵醒。她朦朦胧胧地听到祖母问："那小东西应该能爬了吧，如果不死，翻年就可以走路了。"

小姑悄声回答："可不是嘛！见人就是笑，可不像我家那个傻儿子。唉，只怪他的命不好……"

听着听着，菊花又睡着了，那天晚上，她做了一个梦，梦见一个白白胖胖的小男孩长着天使的翅膀冲她笑，等她想去和他拥抱时，他却径自飞到云层去了。

偷秧贼

春天还没谢幕，夏天就急不可待地赶来了，这就像菊花急迫的心情。父母是望子成龙，望女成凤，而菊花则是望瓜结蒂。

屋后的院子，东边有一块豆角地，西边有一块黄瓜地，豆角地和黄瓜地都插着一米多高的黄荆条架子。蔬菜的长势良好，没有辜负主人的辛勤劳作。藤蔓似的小手爬满架条，绿油油的叶子密密撑开，仔细看时，就能看到隐藏在叶子里的豆荚，豆荚还不够饱满，在走上餐桌之前，还要吸收更多的阳光和雨露。

菊花特别喜欢到菜园子来，也在菜园子里发现了许多没有发现的新事物。她会关心豆角和黄瓜的长势，也会在菜园里尾随一只蝴蝶。如果运气好，还能捉到会绕圈的绿绿虫。但这些并不是她的主要任务，她的主要任务是看豆角地和黄瓜地中间的西瓜。

聪明的张永安在种菜时将菜园做了合理的布局，左右两边有两堵天然的屏风，中间是西瓜地。在西瓜快成熟的季节，张永安就把看西瓜的任务交给了菊花，并叫她向外一致保密。从菊花爱往菜园子跑的这一点可以看出，她是多么地热爱本职工作。

西瓜是一年生草本植物。茎叶满地蔓延，茎上有细细的绒毛。

叶子呈分裂羽状，青翠欲滴；雌花、雄花不同。雌花落果呈翡翠球状，成熟时呈球形或椭圆形。西瓜外皮表面是浓绿色夹有蛇纹，也有墨绿色的。

菊花蹲在西瓜地的空隙里，每天都以找西瓜为乐。每当她发现一个西瓜，内心就激动不已。她会小心地给西瓜伪装，让人不容易发现它的存在。凡是被她伪装过的地方，她都一一记在心里。她像一个富足而快乐的土财主，在自己的家园里埋下了无数罐金子。她常常来到瓜地，只是在瓜地扫描一眼，眼光就能准确地落在她埋金子的地方。

从拳头大的西瓜，到皮球一样大小。从淡绿色变成深绿色，最后变成墨绿色。这些生长的过程，都一一地记录在菊花的脑子里。她常常用手摸摸这个，摸摸那个，那光光滑滑、清清凉凉的感觉，令菊花很是惬意。

一个炎热的正午，张永安趁牟雪华不在家，就神神秘秘地带着菊花溜进瓜地。溜进瓜地的张永安像拍人脑袋一样东拍拍、西拍拍，终于在瓜地里挑选了两个大西瓜回来。

把西瓜切好后，菊花没有了去年吃瓜的小心思，反而有了主人翁的大度气节来。她把瓜送到正在午睡的祖母和姐姐面前，还特意地说："我给你们送瓜来啦，这可是我看护的瓜哟！"平日里的桂花是要讥讽菊花两句的，可这次，她什么也没说就拿起西瓜开吃了。

牟雪华走亲戚回家，发现给她留下的两块西瓜，心痛不已。想着她就一天不在，就被家人吃了至少一双棉鞋的布。趁着天气放晴，就催着张永安赶紧将瓜地的熟瓜摘了去卖。

祖母早就做好了菊花的思想工作，说是卖了西瓜可以买更多的西瓜种子，因为西瓜的种子很特别，需要制种，普通的种子是种不出来西瓜的。菊花明白这个理儿，就好像种稻谷一样，普通的稻谷是不长谷子的。她能明白这些，还得益于前段时间发生在小寨的一起人人皆知的大事件。

夏秋之交，太阳火辣辣地炙烤着大地，田里的稻谷正在接受太阳的检阅，真金不怕火炼，在最后的一点米浆变硬之时，闲置一年的打谷机和拌桶就该派上用场了，养兵千日，用兵一时。

在生活中，常有不合时宜的情况。比如在晒谷子时天突然下雨；比如正在吃饭时却有人用屁股放毒，并制造出很响的杂音；又比如此时的人们都在收割稻谷时，却有那么几田还是青青的稻苗。那些绿油油的稻苗好像永远都不会成熟，永远都能保持青春一样。它们在太阳下迎风招展，觉得自己就是一个另类，就是一个与众不同的事物。

那些青青的稻苗是对的，它们有自知之明，它们的确就是一个另类，因为它是普通的谷子通过育芽后栽入秧田的。

为什么会这样，有谁当了农民连这点简单的道理都不懂？有谁当了医生做手术时不拿手术刀而拿镰刀？

菊花知道这事的始末。这事还得从三年前开始讲。三年前，大成哥家的秧苗一夜之间被人偷了个精光。听大人说雪芳嫂子坐在田埂上骂了偷秧贼三天三夜，把偷秧贼从始祖到重孙、玄孙都咒了几百遍。偷秧贼明里虽然不敢出来接招，但这恨他却记在心里了，想着来年还是要偷她家的秧苗好出恶气。第二年栽秧时节，一模一样的画面。一夜之间，大成哥家的秧苗又不翼而飞。雪芳嫂子更是气得全身要爆炸似的，为了排除心头的恶气，她坐在田埂上把偷秧贼咒骂了七天七夜。

大成哥家与偷秧贼就这样结上了一明一暗的梁子。今年大成哥家的秧苗又在一夜之间尽失。奇怪的是，今年的雪芳嫂没有哭，没有闹，甚至没有咒骂。她是否已经向偷秧贼妥协了？也许她已经累了，也许她已化悲痛为动力了。每年她家全部动员，背上空背篓，像吃百家饭的人，东家要几个秧苗，西家找几个秧苗，到最后竟然也没让自家的水田空着。看样子，她的确有向偷秧贼示弱的意思。

请不要想当然，世间无论再高明的操盘手，也难逃时间的检验。就在金秋十月，所有的谜底，所有的恩怨将一目了然。

雪芳嫂等小寨的谷子都收割得差不多了才放话出来，称自己今年专程为偷秧贼育了普通的米秧，来回报偷秧贼三年的照顾。田里的米秧绿得煞眼，和周边金黄的稻子比起来，像是火辣辣的讽刺。

当秋收的人们都从繁忙的农活中闲下来时，就发现小寨少了户人家，这户人家在一夜之间全家就搬走了，据说是出远门做生意去了。而田里的米秧也没有迎来主人的收割，倒喜了菊花、张大荣等人，因为他们可以割了回来喂牛。

西瓜卖了还可以给全家买布做新衣服。事事不能两全，熊掌和鱼不能兼得，在新衣服与吃西瓜二者的 PK 中，新衣服占了上风，毕竟新衣服是可以穿一年的，是面子上的工程，而吃西瓜只能满足一时之快。何况祖母说了，也不会把西瓜全部卖掉，比如小一些的，比如有一点点损伤或瑕疵，但不影响口感的瓜还是可以吃的。

的确如祖母所说，当张永安在瓜地里挑挑选选地摘了头道瓜二道瓜后，剩下的瓜就是全家的"口福"了。瓜藤开始干枯，张永安把最后一批瓜收回来时，竟也有大大小小的一堆。张永安把其中几个稍大一些的给左邻右舍的每户送了一个。送完后剩下的大人很少吃，多半都留给了两个女儿。

几天后，不知是谁给孙莲芳带了一句话，说杜美丽跟人聊天时，抱怨菊花家送的西瓜是嫩的，不好吃。牟雪华听了很是气恼，心想：就是这个杜美丽，除了她家里请人干活，平时别想在她家蹭一顿饭，别想吃她家的一颗水果。她是喜欢把别人家当成自己家，常常一进别人厨房就去揭锅盖、翻碗柜的那种人，竟然把别人的一番好意说得一文不值。就是这个杜美丽，去年我们家先杀年猪，给没有杀年猪的邻居家都送去一小刀猪肉，她又在四方传言说，送肉的目的定是另有所图。

"都舍不得把大一点儿的瓜留给娃儿吃，好心没好报吧。"牟雪华对张永安说。

菊花在一旁很赞同母亲的话，正想附和两句，却被张永安一把搂在怀里，把胡子嘴扎向她的脸，说："你想说，我让你说。"

菊花咯咯地笑开了。

隐形人

学校的右边是一片竹林，竹林下有一座磨坊。这座磨坊是小寨的公物。

磨坊里常年有磨面粉的，有时是磨炒好的杂粮。那些炒好的粮食一旦被磨细，被风儿一吹，整个四合院都能闻到一股香香的炒粮味儿。

四合院的孩子们像敏感的蜜蜂一样，只要闻到炒粮味儿，都习惯性地往磨坊涌去。

孩子们往往排成一队，嬉笑着跟在牛屁股后面走圈圈，趁着大人不注意的时候，就把手指在嘴里抿一下，然后在磨盘里蘸上一指头面粉喂到嘴里去。偶尔还能快速地在进料口拾起几粒炒开花的玉米。

一般情况下，大人是不会赶孩子们的。但他们会用警惕的眼光注意着孩子们的一举一动。当他们觉得孩子们违了规，坏了矩的时候，他们就会下逐客令，打发掉这些淘气包。

除了这种炒面粉能吸引孩子们外，四合院的挂面机房也备受小朋友青睐。挂面机房最早是大伯家的私有财产，当大伯因为杀猪刀伤了神经变成了残疾后，面房的经营就传给了他的儿子张大成。常年总有人背着磨好的面粉来压面条。

那是一台手摇式的压面机，面粉和水是在一张长方形的门板上用"全自动"的手来操作。把揉成团的面放在机器上压成二十厘米宽的条状，这些条状的面皮一层一层地滚在一根铁轴上，然后放在换上带齿轮的或粗或细的面刀上，切成面条状。

最让小孩子们着迷的就是把压好的面条放在木棍上晾晒的时候。每当机器口的面条快掉到地上时，旁边的人早就拿着棍子等在那里，只见他用棍子对着快着地的面条一伸再往上一提，就均匀地把面条挂在了棍子上。那动作之熟练，就如卖油郎玩弄他的油穿铜钱孔而让油不沾铜钱一样，常常让小孩子们看得入神。

挂面条的人走后，剩下揉面的门板上就积了厚厚的一层面块，也不知是谁发明的，把这些面块用刀刮下来，再用水揉成一个团，在灶里烤着吃，一个地道的火烧馍就出来了。而要吃到这种火烧馍，前提是要等到挂面条的人走了之后，又要赶在大人收拾面房之前。

菊花已经总结出了这条宝贵的经验，而且她也占尽了地理上的优势，因为挂面房紧挨着自家的堂屋，整个四合院没有上锁的习惯，她常去光顾面房也就不足为怪了。

俗话说得好，久走夜路就会遭鬼打。菊花常去面房刮面块，没有碰到鬼，就一定会碰到管面房的堂哥。但有一次非常奇怪，她在堂哥张大成的眼皮底下，堂哥却像没有发现她一样。

那是一个下午，菊花还没放学，就看到张大荣在学校外面等她。

"菊妹，跟我来。"张大荣踮起脚趴在窗口对正在收拾书包的菊花叫道。

菊花没有回家放书包，她怕放书包时被家人绊住就不能跟张大荣去玩了。

张大荣神秘地把她往坟山方向带。

菊花跟在后面嚷："荣哥，你要给我什么惊喜？你该不会是要吓我吧？"

"跟我走吧，菊妹，包管有你惊喜的。"

菊花相信张大荣的话，跟他来到坟山一棵老槐树下。

"菊妹，你就等着哥给你弄好东西吧。"张大荣说完就脱去穿在衣服外面的裻了，准备往树上爬。

"树上有什么啊？"菊花仰着小脑袋往上看去，她发现树中段有一个洞。

张大荣爬到洞口，用一只手抱着树，对着菊花说："菊妹，你可看仔细啰，哥的宝贝可在这里呢。"

张大荣边说边把空出的手伸进树洞里摸。

菊花盯着他的手，发现张大荣摸了半天却什么也没摸到。张大荣有些诧异，心想明明前两次都在里面摸到了鸟蛋，怎么现在摸不到了呢。

他把手伸出来，把身体又向树洞移了些，以便他的手能伸到树洞里的更远处。

当他把手再次伸到树洞时，他摸到一条软乎乎的像绳子一样的东西，他觉得很奇怪，以为是什么植物藤子，就准备把它扯出来。

菊花睁大眼睛看张大荣给她的惊喜，却突然看到张大荣扯出一条蛇来，吓得尖叫一声就往家跑。

张大荣扯出蛇来的那一刻，也被吓到了。手上一松，直接从树上摔了下来。

"哎哟，菊妹！"张大荣大叫。

菊花跑了一气，听到张大荣还在叫她。回过头才发现张大荣从树上摔下来了。她以为张大荣被蛇咬了，就拾起一个石块向张大荣跑去。

张大荣明显是摔痛了，跌在地上没有起来。他一脸懊恼和沮丧的神情："菊妹，哥不是要吓你，哥前两天都摸到鸟蛋了，哥是想摸鸟蛋给你看，给你煮着吃。"

菊花对张大荣说："我们不吃鸟蛋，我们去弄火烧馍吃，下午有人来挂面条了。"

四合院里，晒面条的架子上空荡荡的，说明挂面的人已经走了。而此时的四合院也是空荡荡的，说明时机刚刚好。

当张大荣和菊花到挂面房时，发现张大军早已在面房里了。

三个孩子相见都会心一笑，都抱着见者有份的态度，心平气和地站在面板前用手指甲抠起面块来。积攒了一会儿，张大荣发现手中的面团实在太少了，就把自己的面团放到了菊花的手上。

突然，就在他们抠面块抠得正起劲时，一条鸡毛掸子飞了过来。首先中招的是张大军，其次是张大荣。菊花傻眼了，看着两个伙伴挨了打后撒腿就跑开了，而她却像穿了千斤重的鞋子一样挪不动步。

"天啦，我就要挨打啦！"菊花感到鸡毛掸子已经举到了她的头顶。她吓得闭着眼睛不敢去看，鬼使神差地想起电视剧中的女主人，因为非常渴望自己能隐形，结果终于在默念中就能隐形了。

菊花没有等到鸡毛掸子的光临，却听到脚步声向外传去，随即传来堂哥的声音："你们这些馋嘴娃儿，我说天天的案板咋像被狗舔过的一样干净。看我今天不捉一个！"

那天晚上，菊花一直想不通，为什么张大荣和张山山都挨了打，而轮到她时，那鸡毛掸子就像会转弯似的就转到门外去了。为什么堂哥看不见她，难道有神灵相助？还是自己的身体真的有隐形的潜能？

那天晚上，菊花学着电视中的女主人一样，极度渴望变成隐形人。她轻手轻脚潜进孙莲芳的房间。孙莲芳问："孙孙，你张牙舞爪地进来干啥？"

菊花不死心，又潜进父母的房间。她神神秘秘的样子终于引起了张永安的好奇。

她被叫到张永安的身边："古灵精，你想干啥呢？"

菊花依在父亲身边，一边轻扯父亲嘴上的胡子，一边装作漫不经心地问道："爸，你说电视里演的都是真的吗？"

"你是指哪件事呢？"张永安饶有兴致地把菊花抱在怀里问她。

"就是能隐身的那个。"菊花睁着好奇的眼睛想在父亲还没有作出回复之前找到答案。

张永安完全明白了女儿晚上与众不同的举动。但他并没有点破她，就对她说："谁也说不清楚，因为世界上的确有一种叫变色龙的动物，它就能根据身边环境的颜色而调整自己身体的颜色来隐藏自己。关于电视中演的嘛，不能说它是假的，也不能说它是真的。但就像我们从小听到的那些故事一样，总是有出处的，都与生活相关。"

张永安看着发呆的孩子，就想引导她，于是给她讲了一叶障目的故事。

在那之后，那根会转变方向的鸡毛掸子，以及堂哥走到她面前却看不见她的原因，还是让菊花想了很久也没有想通。

香香公主

春华秋实，每年的七到九月，是乡里孩子最快乐的时光。学校放了假，大人们则先是忙着收谷子，收完谷子后，他们又要把光秃秃的田或用犁翻耕或用锄头翻上一遍，为冬季种小麦而做准备。无人顾及的孩子们，像没有拴住的猫狗，成天在村里游荡。

村里的电视很少，四合院只有张永泰家里有一台14英寸的黑白电视机。一般情况下，天气热的时候，中午会放三四个小时，然后晚上再放。孩子们在外面无论怎么疯，但只要一到放电视的时间点儿，就齐刷刷地回到了四合院。如果电视还没开机，就一个个像跟屁虫似的跟在张永泰的屁股后面"二伯、二伯"地叫个不停。张永泰几乎不用看时间，只要屁股后有跟屁虫了，就知道该打开电视了。

放得最火的电视剧里有个香香公主，温柔漂亮，全身散发自然香气。根据节目介绍，香香公主的体香源自她吃的各种花。无论是男孩子还是女孩子都为香香公主着迷。男孩子则幻想着有一天能遇着一位像香香公主一样温柔漂亮又有香味的女子为朋友；女孩子则幻想着自己也能变得像香香公主一样美丽大方，又通体发香，还能找到自己心目中的白马王子。菊花也不例外，她一边看电视一边幻想着自己也能变成香香公主。想着想着，她突然灵机一动。

第二天睡醒，菊花发现家人早早出工去了。她一骨碌从床上爬起来，来到门外，见着梦梦在院子里玩，就问："你想变成香香公主吗？"

梦梦睁着惊喜的大眼睛点点头。

"那就跟我走吧。"

梦梦就欢蹦乱跳地跟上菊花了。

菊花带着梦梦走进三伯的家中，找到正在削土豆的张大荣，就用问梦梦的话问他："你想变成香香公主吗？"

张大荣抬头望着菊花："我想你就是香香公主。"

菊花对她的伙伴说出了自己伟大的想法："很可惜咱们错过了春天。春天那粉红的桃花，素白的梨花，还有总是让人忍不住深嗅的洋槐花可是随手就能采得的。"

"我们现在去采菊花，到了冬天采冰花和雪花，收过压岁钱后就可以采洋槐花啦！"张大荣高兴地说，并为自己能把冰花和雪花这两个词加在语句里而高兴。

"菊花姐采菊花。"梦梦嘻嘻笑了起来。

菊花也觉得好笑，就朝张大荣做了一个鬼脸。

"走啰，菊花采菊花去啰！"伙伴们笑着跑到田间地头找野花。他们兴奋的劲儿战胜了依旧燥热的天气。各种各样的野花，他们采了一堆，其中采得最多的就是金黄灿亮的野菊。

就在他们正要分享花朵时，后面院子的彩琼也来了。菊花可是很大方的人，她忙招呼："彩琼妹妹，快来吃花花，吃了花花我们也会像香香公主一样全身发香。"

彩琼加入到吃花的行列中。三个女孩子一人一朵地嚼着花。张大荣只负责给她们采。他说他是男孩子，不用吃，菊花也不勉强。她们原以为，吃花是一件美好的事情，可是没有想到，花朵嚼到嘴里不是苦就是涩，一点都不好吃。但菊花知道一句名言，那就是"吃得苦中苦，方为人上人"。所以，再苦她都坚持着。

彩琼最小，吃了两朵就把眉毛拧成一团说什么也不吃了。梦妹妹和菊花则相互打气，你一朵，我一朵地吃完了所采的花朵。

她们回到家，期待着神奇出现。等待的过程是漫长的。菊花不时嗅嗅自己手臂，发现没有香味从身体里散发出来。她想可能是吃少了的原因。到了下午的时候，她又把彩琼约上，又采了野花来吃。

黄昏的时候，外出的大人还没有收工，他们要趁着天凉快多干农活。在外疯玩的菊花突然觉得肚子疼起来。刚开始是隐隐作疼，没过多久就开始剧烈地疼痛起来。在一旁干活的张永安见女儿捂着肚子眼泪直刷刷地往下流，就急忙把翻田的锄头扔到一边，抱起菊花问："娃，你咋了？"

此时的菊花因为胃子疼痛而面色发紫，身体抽搐起来。

张永安立即把菊花往家抱。回到四合院，张大荣看到被抱着的菊花，问道："四伯，菊妹咋了？"

"应该是吃什么东西把肚子吃坏了吧。"张永安说道。

"该不会是那些花吧？"张大荣惊叫起来。

"什么花？"张永安急迫地问。

"菊妹、彩琼妹妹和梦妹妹吃了很多野花，她们要变成香香公主。"

这时菊花的嘴唇发紫，额上也浸出豆大的汗珠。张永安见状，也就顾不上其他事情，忙对张大荣说："我先抱娃儿去医院。你快去通知另外两家人，一定要找到大人，说清楚。"

菊花被她父亲背着跑了一个小时的山路，终于到了医院。值班医生一检查：不得了，这是中毒的症状，立马给菊花用催吐剂、洗胃。

刚刚把菊花安顿好，彩琼和阿梦也被家人送来了。彩琼和阿梦因为吃得少些，所以身体没有明显的不适。但是为了保险起见，两个女孩也留在医院里观察。

事后，医生对张永安说："幸好发现得及时，如果晚一些，真还有生命的危险呢。"

菊花从医院回来后，祖母就开始给她普及有毒的野生植物的名字和形状了，什么断肠草呀，什么毒蘑菇呀……

这年真是多事之秋。菊花吃了花虽遭洗胃的苦楚，却还是捡回了一条命。对于比菊花小 4 岁的张小昆来说，他的命运就没有那么好了。

张小昆是张大成的小儿子，3 岁多。大人干活时，就把他背到坡上，把他放在田间地头耍。

那天张小昆在田头玩，一只蝴蝶进入了他的视线，他就跑去追蝴蝶。蝴蝶隐入树林中不见，他才停下来。正要回到干活的父母那儿时，发现他站的地里用细小的竹签串了许多新鲜的红薯片，那些绯红的薯片儿插在地里，引起了张小昆的食欲。于是，他一边收集红薯片儿，一边往嘴里送。吃得差不多了，手上还攥着一大把竹签儿。他像发现了新大陆似的，要拿着手中的薯片儿回到父母面前邀功。

当正在干活的张大成看到儿子屁颠屁颠地走来，高兴地挥舞着手中的红薯片儿时，他的心立刻就着急起来了。他慌忙跑到田埂上，问他的儿子："快说，你吃了多少？"

张小昆不知道父亲的脸色是多么地难看，也不知道马上要面临的灾难，还一个劲儿高兴地说："爸爸也吃。"

张大成一把扔掉儿子手中的薯片，抱着儿子就往乡镇医院跑。

当晚，张大成垂头丧气地背回已经断气的儿子。医生说，由于误吃了大量的老鼠药，又因抢救不及时，治不了了。

插薯片的田是张永德家的。张永德的女婿林哥儿可是一位有技术的有识青年，他会种果树、会修枝、会给果树嫁接，因为他来自有"水果之乡"的凤梨县。对于种植方面的学问，他的头脑里可是一打一打的。

给田地里插毒薯片，他是在书上看到的。书上说插毒薯片可以防野兔、野猪来破坏刚长起来的麦苗。他压根就没有想到，这薯片会被张小昆当零食吃了。虽然他也很自责，但他回心一想，我把薯片插在自家田里的，又没有给你小昆娃子手上，你又能耐我何？

事实也正如林哥儿所想的那样，张大成没有找林哥儿的麻烦。林哥儿没有想到，如果事件延后二十年，就算自己口含雌黄，也不能完全抹去自己投毒薯片的过失。

修公路

治贫先治愚，致富先修路。小寨在20世纪90年代初终于迎来了爆炸性的好消息——到镇上的村网公路刚在规划中敲定，信息就像爆竹一样在沿路两岸的人群中炸开了，通了公路就意味着买化肥不用背，交公粮不用背，上街购物方便了，农产品走上市场也更方便了。

各社各村带头勘查路线，并与占地占林的农户协商。虽然土地是农人的饭碗，但是在大是大非面前，人人都是抱着修路至上的最终目的，全面配合，积极参与，支持协调土地的工作人员所做的安排。

路线定好，家家户户就出工出力，清理路面的庄稼、山林。那时修乡里的道路，没有大型机械，没有电力设备，全靠人一锹一锹地挖，一锤一锤地敲，一车一车地运。这里的车指的是拖拉机，最多的时候，整个路线有五台拖拉机。而在这五台拖拉机中，又数吴疯子的最出名，因为他的拖拉机拖的是碾路的滚筒。

"吴疯子"并不疯，那是黄婆婆给他取的浑号。在一次碾路时，他碾碎了黄婆婆田边的五棵白菜，黄婆婆就双手叉腰地挡在滚筒前。

她说："你这个疯子，叫你碾路，你就碾我家的菜，我没有得罪你，菜也没有得罪你。今天你得给我一个说法，不然你就从我身上碾过去！"

结果是对方给了黄婆婆很多个说法，黄婆婆都觉得理由不够充分。最终还是用两元钱让黄婆婆挪开了脚步。

经过这件事后，吴疯子的名就在人群中传开了。

吴疯子事件，有人把它当作笑料，有人却把他奉为圭桌。就像在现实生活中，有人会崇拜伟人，却有不务正业的人崇拜梁上君子。

现实生活中，一件事情传开了，传得人人皆知了，也就没有新鲜感了，往往这个时候就是新的事物、新的消息最佳传播的时候。也就在吴疯子事件谢幕的时候，又一件与此类似的消息传开了。

那是杨师傅开着拖拉机拉土的时候，杜美丽原本好好地站在路边，看着车子快近了的时候，她就软软地倒下去了。她倒下后，发现拖拉机早已停下了，而自己还离拖拉机有一米远的距离，她趁杨师傅下车的时候，又麻溜地在地上打了一个滚，滚到拖拉机机头下了。

杨师傅原本早就看到站在路上的杜美丽了，早把车子的速度降到了他认为的安全时速。而杜美丽突然倒在路边，他不是吓住了，而是急起来了。

"天啦，你离我车还有一米远就倒下了哇！"他急着叫道。

他这是情急中说出的话，后来人们常对杨师傅开玩笑："你是提醒人家下次离近一些才倒吗？"

杜美丽是做了充分的心理准备，她横着倒在车前，面露痛苦的神色，吃力地慢慢地从地上撑起她的上半个身子来，然后用手抱着脚说："天啦，你这个不长眼睛的，你把我的脚碾坏了，我的脚不能动弹了，你得给我赔钱看病。"

杨师傅先是跟杜美丽据理力争，又发誓又用人格担保，说自己没有撞人。可是谁也没有看见事情的真相，谁也不愿意掺和到事件中去。

双方各执一词，互不相让。所有干活的人都涌到了这里，最终还是由其中的和事佬化解了这个闹轰轰的事。

杜美丽虽然弄脏了衣服，但她觉得很值得，因为她收到十元钱的"医药费"作为补偿。

"医药费"竟然是乡长出的，谁也没有想到吧？

原来事情是这样的。

第二天，就在杜美丽为自己聪明智慧的头脑而感到骄傲的时候，也就在修公路正当开工的时候，半开垦的公路上却如夜晚一样安静下来。被派去修路的人们先是感到这天安静得特别异常，随后就发现了真正的原因——那是因为公路上没有了拖拉机的"嘟嘟"声。

这时人们才发现，五台拖拉机全不见了。

乡长也觉得这事儿挺诧异，就跑到五公里外的吴疯子家里质问他为何一声不吭就把五台拖拉机全开走了？因为这次来运碎土和碾路，是吴疯子组的队。

"谁还敢去嘛！"吴疯子说。

"为啥？"乡长问。

"前天赔白菜，昨天赔医药费，我们赔不起，我们躲得起！"吴疯子说得神情激动。

不用说也知道，几台拖拉机师傅已经商量好，准备把小寨的这笔生意拉入黑名单了。

乡长说了很多好话，也做了许多保证，保证以后再也不会发生这种事情。为了表示自己的诚意，乡长立即从自己的包里掏出十二元钱，十元钱给杨师傅，两元钱给吴师傅本人。乡长的诚意，终于打动了吴师傅。随后，他便又把拖拉机队伍开到了工地上。

当天晚上，乡长在四合院开联队会，他一改平时的和善面孔，一上场就劈头盖脸地质问乡亲们："你们还想不想通公路？你们还想不想后人能走出大山？你们还想不想把女儿嫁出山门？我奉劝你们，各自管好自家人，不要像井底之蛙，今天找这个车的麻烦，明天找那个人的麻烦，要是这些拖拉机都不来了，我看这个公路也就别指望修好了……"

乡长虽没点名道姓，但小寨的人都知道所指何人。一向能说会道的张永德这晚却成了哑巴，因为杜美丽正是他的老婆。

工地上除了拖拉机外，还有十几台独轮车，这些独轮车灵活方便，但就是一次性运不了多少土方。

最让人好笑的是，那些抬着石头的人总是喊着"哎哟嗬，哎哟嗬"的号子。他们喊口号的时候，总是拖着长长的声调，而且还变换着高低音。他们总是大汗淋漓，肩上扛着重物，手上打着杵子，嘴里却要唱着整齐又简单的歌儿。而且最让菊花觉得好笑的是，他们唱歌的时候，也像老师教的那样，先是一人领唱，后面的人才开始唱。

菊花想不通，觉得这样简单的歌儿，连小朋友都会唱。觉得他们有些好笑。但是从他们那高亢悠长的腔调和整齐统一的步法中，她好像又从这些歌声中找到一股神秘的力量。

她常常坐在路上，看着大人们挥汗如雨地劳作，太阳热情地洒下万道金光，而这些歌声在金灿灿的阳光下就更显得有魅力。

众志成城，勠力同心，半年时间不到，一条毛坯公路就修成了。虽是毛坯公路，对没有公路的小寨人们来说，这已是莫大的喜事了。通车的那一天，小寨的人们看到一辆东风汽车从新修的公路上徐徐开来，所有的人都在鞭炮声中欢呼起来了。

小寨位处山腰，背面有独峰山作屏障，前面有成片成片的良田，最低处的玉河水常年流淌。玉河水上游的大水库，常年存水一百万立方米左右，所以天旱旱不了小寨，雨淋也淹不了小寨。真正的旱涝保收。电通了，路也通了，小寨的内外环境提升了，人们哪有不高兴之理。

挖地下室

小寨修公路这年，菊花和桂花在众人皆欢的大环境下，也悄悄地干起了一件不鸣则已，一鸣惊人的大事。

桂花在镇上读初中的第二年,就面临着菊花也要择校读书了。

家人想来想去，最终决定把菊花也送到镇上读书。菊花到镇上读书有两个好处，一是在镇上读五年级，方便小升初；二是有姐姐照顾，大人放心。于是，家人通过多方努力，托人到桂花的初中说情，让菊花住在桂花的初中寝室里，一同与桂花蒸饭吃。

菊花听到这个消息，可高兴了。因为她非常喜欢吃学校的蒸饭。一次偶然的原因，桂花周末时把蒸了没吃的饭带回家让菊花吃了，菊花就开始对蒸饭念念不忘起来。这下能顿顿吃蒸饭了，她怎么能不高兴呢。

学生寝室是两层高的木楼，男生住一楼，女生住二楼。

桂花天天要上早晚自习。自习的这段时间，整个女生寝室就是菊花的天下，她常常带着附近的女同学一起在寝室里打闹，玩到初中部的铃声响起时，她才让同学散开。

在一次打闹中，不知是谁把洗脸盆的水打翻了。水从楼板上滴下去，打湿了楼下晾晒的棉被褥。

晚自习的下课铃一响，菊花就见到陆陆续续回寝室的同学。她完全忘记了倒水的事，她也想象不到水倒下去的后果。但她在不经意中听到了楼下男生的惊呼："谁把我的被子打湿了，大冷天的，怎么睡呀？"

菊花这才想起了在玩耍时打翻水盆的事情来。她知道自己惹了祸，趁女生寝室的人还没回来，就双脚抹油溜了出去。

那天晚上，她一直躲在寝室外远远地观看。看到楼下的男生气冲冲地跑到楼上找女生评理。当然女生没有干的事，谁也不会承认！

男生一点也不绅士，最后找来了老师。

老师问明原因，了解到上课时所有女生都在教室，只有菊花在寝室。结果是菊花没找到，桂花就做了替罪羊，挨了老师的批评。

菊花躲在角落里，直等到寝室外的灯关了，才敢偷偷地溜回寝室里去。桂花这次特别有担当，看到心怀忐忑的菊花，不但没有体罚她，而且回去也没有向父母告状。

桂花替菊花受了老师的批评后，菊花跟姐姐的感情就更深厚了。就如在"练武"的观点上，她们竟然保持高度的一致。

桂花的《体育》书是菊花的最爱。初一的上下册，和初二的上册中，每本《体育》书中都有一套武术基本套路。有的是拳法，有的是剑法。两姐妹如获至宝，常常一起偷着练。就连晚上睡觉的时候，她们都严格要求自己双手重叠放在小腹上，就像电视里闭关苦修的武林大侠一样。不仅如此，她们还苦练打坐，打坐时双手的手心朝上，双脚的脚心也朝上，加上头顶，就成了五心向天。电视里说这样长期练下去就能打通体内的任督二脉，就能功力精进。

不知是桂花影响了菊花，还是菊花影响了桂花。反正姐妹俩常常学着电视中的侠女，严格要求自己。想着等练成绝世武功，就可琴棋诗书画，仗剑走天下。

追求梦想的日子是幸福的，也是极快的。很快一个学期就过完了，姐妹俩收拾好一周匀下的米，拿到包子铺换来四个包子。

这是她俩的默契，每周下来总能匀出一些能换上几个包子的米来。她们吃着包子，顺着正在施工的毛坯公路回家，一想到要放两个月的暑假，就心花怒放起来。

此时四合院的学校要合并，张永安就拿出了与学校占地相等的土地把学校给置换了回来。菊花家的住房由最早的狭窄一下子变得宽敞起来。她和姐姐再也不用跟祖母或母亲一起睡一间屋子了。小时候的菊花喜欢跟祖母睡，但此时的菊花因为已经尝到独立的自由后，就再也不愿意跟大人同屋同床了。

姐妹俩回到家后，主动把卧室安置在原来老师住的寝室里。老师留下的那个架子床也在那里，她们可是省了不少的事呢。

那时的姐妹俩对武术着了迷，天天没事时就躲在原学校、现在的家里练习翻跟头、扎马步、练轻功、铁砂掌、打坐、倒立、举重……

举重是用两只装满水的胶壶代替，练习铁砂掌的器具则是在一只漏水的木桶里放上大半桶的粗沙，用手去插；练轻功就是把沙子装在几只袜子里面，然后每个脚上都绑两只沙袋袜子。电视上不是放过吗？这样绑在脚上走久了走习惯了，再取了袜子沙袋时，就能脚下生风，一步跨出八丈远了，要是想跳高，也能像猴子一样敏捷了……

姐妹俩从来没有这样亲密无间过，她们每天晚上也不去二伯家蹭电视看。吃过晚饭，桂花便对父母讲：要带妹妹在屋里做作业。

张永安看到两个女儿姐姐爱妹妹、妹妹黏姐姐的情形也很舒心，对她俩是极尽放心。

姐妹俩在后面屋里，一边练功一边还要防备大人的突然检查。一有风吹草动，她们就要立即藏好所有的器具，装作在学习的样子。常常是父母来看到在"刻苦学习"的孩子们，反而觉得不好意思起来了，认为是自己影响了孩子做功课。

菊花在父母又一次的探视后突发了一个奇想："要是我们也有一间像电视里那样的练功房就好了，永远地不被外界打扰。"

桂花被菊花的话点得心里一亮："妹妹，我们可以挖一个地下室。"姐姐指着地下高兴地说，像是捡了宝似的。

"挖地下室？是不是像《铁道游击队》里的那些地道一样？"菊花睁大了好奇的眼睛问道。

"《铁道游击队》主要是地道，我们要挖一间大大的练功房，以后悄悄地牵根电线下去，还可以多开两条秘密通道，里面要有睡觉的地方，要有装水的地方，要有存粮食的地方，总之在里面可以生活很久而不被外面的人发现。"桂花边想边说。

"哇，真好！"菊花拍手赞同。

听到桂花的一番话，菊花好像置身在已经挖好的地下室里，里面的一切应有尽有，有各种机关和密道，那是防止其他人进入的有效措施。

姐妹俩真是一拍即合。说干就干，她们先是在房间里选开挖的地点。她们选来选去，选在了床边的角落里，因为那个角落隐蔽性强，父母要来检查她们，先要经过小教室，再到小教室的中间穿过墙的中门到她们睡觉的屋子。她们想父母要来的话，只要一听到后门响动时，就立即做防御措施，一切都来得及。

还是桂花的头脑灵活，她去前院拿来一张小簸箕，在灶下抓了一把草木灰，她把簸箕盖在地上，沿着簸箕边把草木灰撒下，一幅地道的入口图就完成了。

她们悄悄地找来锄头、撮箕和背土的工具。桂花负责挖，菊花负责守卫。有时桂花挖累了，菊花就去挖，换桂花守卫。刚开始的时候，可以用带把的长锄头挖，随着地道的深入，就只能使用挖花生用的小锄头挖了。

桂花说入口必须得小，挖到下面深处时才能加宽。她们就像蜗牛一样，挖了一背篓土的时候，就背出去倒在新开出来的公路上，这事做得滴水不漏，密不透风。

看着地道一天天加深，姐妹俩的心里别提有多高兴了。她们朝着理想的康庄大道迈进，那个在心中无比美好的地下室将要在她们的手中诞生，她们将要在亲手建成的地下室里一举成名，成为名满天下的绝世高手！

她们的规划是，要在暑假期间将地下室建成，因为公路是刚开发的，她们把地下室的新土背到公路上是不会引起人们怀疑的，如果等公路压实了，再倒上新土容易引起别人的怀疑。

别看姐妹俩年龄小，干起事来可真不含糊，尤其是干自己理想中的大事，干成就自己一生的大事。

母亲不是常说"不怕慢，只怕站"吗？她们可是把这至理名言挂在嘴上刻在心上的。她们天天风雨无阻地挖呀挖，终于挖到有一人多深了。桂花说，再挖这么深时就可以加宽了，这让菊花高兴不已。

她们每天挖完地道，就把现场的土打扫干净，把使用的工具悉数放回原处，用簸箕把地道口盖上，再在簸箕上随意地放上几件衣服。这样的伪装效果简直棒极了，如果不去揭开簸箕，是谁也发现不了的。

天要下雨，娘要嫁人，生活中很多事情是人们不能左右的。就如这天晚上的姐妹俩，盯着地洞口里亮晃晃的水呆住了。

她们怀揣着梦想兴致勃勃地开工，却没有想到小寨的土在土壤通气层以下的土质是完全充满水分的含水层，而她们挖的地道正好挖到了含水层上。一夜之间，地道里就浸出了一塘白花花的山水，那塘水在灯光的探照下像一池碎银。

谁也没有想到，她们的梦想就此止步，她们的梦想就此被打断。假如没有含水层，假如她们照着梦想一直干下去，那么今天的学校地下，是不是也有一方奇观呢！

骂人的话一旦骂出去就收不回来了，因为已经把对方的心给伤了。挖地下室背出去的土也背不回来了，因为公路被压实了。那地道就让它盖在簸箕下自生自灭吧。

虽然地下室没有挖成功，但却因为挖地下室而使姐妹俩结下了前所未有的深情厚谊。在以后的日子里，菊花有感而发地对桂花说过多次："想想咱俩挖地下室的日子，多美好啊！"桂花也同样对妹妹报以真诚的感叹："那时的咱们真是又天真又傻得可爱啊！"

相信这种美好会一直镌刻在姐妹俩的心里，直到她们完全失去记忆。在那之前，她们一想到此，定会开心一笑吧。

朝阳升起的地方

就在挖地下室的第二年，菊花顺利地考上了初中。暑假期间，菊花做起生意来了。

近两年，一股种植苗木之风从凤梨镇传来。前一年，家人就商谈是否种植苗木。

牟雪华说："娘家也在种，说明有前景。"

孙莲芳说："逢贵你莫赶，逢贱你莫懒！"

孙莲芳接着认为非常有必要对她的名言解释一番："今天能卖个好价钱，人人都争着去种，明年的收成就多了，自然就只能贱卖了。今年卖不出去的东西，人们就不愿意去种，到了收成的时候，市场上就会物以稀为贵。"

张永安觉得两人说得都有理，就采取了中庸之道。第一年，只栽了梨树和板栗树。

两种树苗都在年前获得了大丰收，一家人都恨不得去买些后悔药。

第二年，家人准备加倍培植苗木，这就得在夏秋季节去买种子。

家里有两棵大梨树，张永安摘下梨子给菊花时说："娃，吃完梨把子儿剥出来。"

菊花囫囵地嚼着梨说："有什么用，又不值钱。"

张永安瞪了她一眼，说："谁说不值钱啊，它可比你二伯收的松果子值钱多了。"

"松果子有人收，这梨子核脏兮兮的没人收啊。"菊花停止了咀嚼，装出一副随口说说的样子。

"一毛钱一斤，我收！"张永安明显地猜到了菊花的心思。

菊花有自己的小心思。二伯收松果时，她常常和张大荣去摘松果子。她拿着一根长长的木钩，两个小伙伴一起去找松树，爬不上去的树，他们就合作，先用木钩把树枝勾下来，然后一人拉着树枝，一人摘松果。如果运气好的话，每人每次会有两三毛钱的收获。

当然，他们偶尔也独自行动。比如有一次菊花遇到一棵结了很多松果的松树，她就没有叫张大荣一起去，而是自己利用下午放学的时候去摘的。

二伯白天收的松果就摊在院子里晒着，傍晚的时候，他就把松果用铲子铲成一座小山，然后在松果山上撒上白石灰，那是防止孩子们趁着浑水摸鱼，把他收的松果偷了第二天又放在自己摘的松果中来卖。

二伯的谨慎是对的，那座小山似的松果摆在孩子们面前，如果不撒上石灰，那简直就是赤裸裸地诱惑，那简直就是把一盘糕点放在眼前不让人吃似的。

刚开始的时候，菊花不明白为什么二伯总要在收拢的松果上撒石灰，她就问母亲牟雪华。

"傻孩子，我正要叮嘱你呢。你二伯之所以撒上石灰，那是他明白不能给小偷留下可乘之机，把罪恶杀死在萌芽阶段。"

母亲叮嘱菊花后，菊花常常被同一个问题困绕："假如二伯不撒石灰在松果上，我会不会趁没人的时候去捡几颗？"这个假设让菊花很是犯难，总觉得头脑里有两个小人在打架。

当二伯结束了他的松果买卖生意后，特别嘉奖了菊花。他对菊花说："你是个好孩子，我没有对你摘的松果付过两次钱，所以，这个是奖给你的！"说完，他送给菊花一套伟人邮票。

那是一套精致的邮票，有马克思、恩格斯、列宁的头像，菊花收到这套礼物的时候，高兴之余心中也有些惭愧。惭愧之前常常困绕着她的想法。她庆幸自己没有去捡院坝里的松果，她也感激二伯在松果上撒了石灰给她敲了警钟。

松果事件给了菊花很多感悟。她能更深刻地明白财不露白的道理。在镇上读书时，发生的一件事跟松果事件有些相似。

她住在初中部的宿舍里，宿舍旁边有她班上的同学玲子。她们常常在一起玩，也常常捡一些玻璃拿到镇上的玻璃厂去卖。她们喜欢卖了玻璃后去买水果味的硬糖。她记得猪八戒吃人参果的教训，总是舍不得嚼，那种甜上半天的感觉可真好！

一次偶然的机会，她们在前门卖了捡到的玻璃，无意中走到了玻璃厂的后门。那里堆放着收购的杂玻璃，周围的环境静悄悄的，原来拴在玻璃厂前门的那只狗也没有发出吠叫声。

她们望着玻璃堆，足足待了两分钟，谁也没有开口。最后还是菊花扯了扯铃子的袖子，说："咱们走吧。"

菊花后来总结出，抵制一次诱惑是需要勇气的，但是只要能坚持下去，能够抵制一次，那就为抵制下一次的诱惑增加了砝码！

但是这一次，父亲说要收苹果核和梨子核，菊花就动心了！

当菊花提着一袋苹果核和梨子核递到父亲面前时，张永安简直惊呆了。

"过秤吧！"菊花俨然像个生意人似的对着父亲说。

菊花如愿以偿地收获到了五毛钱，这是她意料之外的，也是家人意料之外的。

晚上，吃过饭后，家人把水果核在水里淘去泥沙，然后把种子分出来晾干，核肉则拿去喂猪。

张永安不由得想到，如果像菊花这样的捡法，今年的种子就不用拿钱去买了。于是，他默许了菊花的做法。不但如此，张永安还让牟雪华和桂花也去街上捡水果核。

"太丢脸了，打死我都不去！"桂花的语气里没有商量的余地。

桂花认为那是一件非常丢脸的事，她怕在捡水果核时碰到老师或同学，她觉得那样的话一定会被他们耻笑。

在开学的前一月，凡是赶集的日子，牟雪华和菊花总在街上捡拾水果核。这正是水果成熟的季节，每逢赶集就有许多农户卖水果，除此之外还有贩卖水果的小商铺。

她们最喜欢在水果市场转悠，有时也会装作若无其事的样子等在一位正在吃水果的人面前。刚开始的时候，她们用手去捡，后来，她们就每人拿着一把火钳子去捡。

每次回家的路上，菊花总要掂掂沉甸甸的口袋，心里总是甜滋滋的。因为她又能得到至少五毛钱的嘉奖。她有一个宏大的挣钱计划，她正在一步步走向它，她也似乎觉得那计划正在向她招手。

一个夏天过去，菊花原本白皙的脸晒得像包公的脸一样黑。可她全然不在乎这些。她沉浸在快乐中，因为听张永安说，家里收获了足够的种子，还卖给了邻居两斤呢。

假期还没到，菊花就足足攒够了 50 元钱。

这 50 元钱可不全是捡水果核所挣的，其中有一半是卖凉水挣来的。

凉水是在离街不远的水井里打的，里面放些拍碎的蒜和糖精，背到街上人多的地方卖就可以了。带一个不锈钢盅子，如果有赶集的人口渴了，付上一毛钱就可以喝上一盅。在炎炎夏日，这真是一个最廉价也最解渴的好办法。

菊花一次只能背半桶水，所以她每逢赶集的日子总要跑上两趟去背水。

菊花一直想攒够 50 元钱，她攒到了！

她在卖凉水的时候，认识了一位卖冰棍的女孩。那个女孩有着一副甜美的嗓音，她总是背着那个便携式的保温箱。她每到一处地方，总要拖着长长的声音叫道："卖——冰——棍——啰！"

菊花刚开始卖凉水的时候，还不好意思对着人群喊。当那个卖冰棍的朋友同她接触了几次后，她也学着朋友的样子对着人群招呼起来。

刚开始的时候，她的声音不够响亮，显得生涩。她每喊一句，当人们向她投去目光时，她内心又显得有些不好意思。等她喊了两天后，她就再也没有任何顾忌了。

有一次，那个卖冰棍的朋友正叫卖她的冰棍时，她就开始叫卖她的凉水了。她俩一人一句，非常有默契地交替喊着，心里充满了欢乐。她们煞有介事地叫着，像两个为争客源而斗嘴的商人。其实外人哪里得知，这是她俩的游戏。

她羡慕卖冰棍的朋友，想象着自己有一天也可以去卖冰棍。于是，菊花打着如意小算盘，接近她的朋友，了解如果要卖冰棍需要做哪些准备。

　　终于，菊花像个经纪人一样，在冰棍批发商那里压了20元钱，换了一个保温箱。这是像背篓一样可以背的保温桶，里面放着50个待卖的冰棍，这些冰棍如果售完，她就能够盈利五元。

　　"卖冰棍啰！"菊花对着人群叫卖她的冰棍，心里却在盘算着她要在这个假期卖出多少箱冰棍，如果自己一直这样卖下去，是不是也可以成为人们眼中羡慕的"万元户"呢！

　　直到下午五点，菊花才把冰棍卖完。她把保温桶退给了批发商，攥着手中的布包，那里面包着卖冰棍赚来的五元钱和自己的本钱。此时，夕阳正西沉，看着对面山脊上同她一起奔跑的夕阳，想着夕阳跟她一样，累了一天，也需要回家休息了。她冲着夕阳笑了起来，同时在心里跟它做着朝阳升起的约定。一想到家，她的脚步就轻快了起来。前方这条弯弯曲曲的路，正是朝阳升起的方向。

后记

　　《志趣童年》这本书算是我的处女作，虽然在此之前，我已经出版了小说《真假县令赵再理》一书。《志趣童年》这本书虽然写了近十几万字，但它仍只是我心头冰山的一角。最初，我想呈现小寨四合院的不只是童年视角，计划里还有中年视角。有这里的人们从贫穷走到富裕，从蒙昧走到觉醒，从自利走到利他；写自然环境由脏乱差变得干净、整洁、美丽等。但是很遗憾，当我真正走上理想之路，才知道自己站在语言面前，站在宏大叙事面前是多么贫穷，才发现自己对身边蜂拥而来的真实生活是多么措手不及，写发生在身边近些的事物，笔头却显得多么苍白无力。不得已，只得借写"远去的生活"来抒发对故乡的爱，对童年的回味，体验创作的快乐。

　　《志趣童年》至少是我五年前写的稿子。感谢巴中市作家协会，感谢贺享雍工作室。2023 年开春之际，巴中市作家协会与贺享雍工作室联合举办作品改稿会，《志趣童年》成了我上报的改稿作品。

　　改稿会在通江方山田园综合体进行。那是一个犹如世外桃源般的好地方，自然风光一览无余，创作、学习、住宿环境安静，健身设施一应俱全，去通江县城也极方便，真正是通江人民的后花园。此次改稿会由巴中市作家协会和贺享雍工作室操办，同时还邀请了省里出版社编辑部的老师来作线上指导，此外还有市内有影响力的作家朋友参加。

在改稿会中，我的这部沉睡的作品被唤醒了，被注入了新鲜的血液。会后，我回到家里，把这部旧稿一遍遍搬上屏幕，这个润色和修改的过程又一次次把我拉回童年，一次次把我变成了孩童。我用童年的视角去看世界、悟世界、欣赏世界；我用童年的语言对话，我用童年的思维思考问题，用童年的行为去做事。

马原说过："写作就是虚构，就是一次叙事游戏。"我承认，本书的故事并不全是发生在故乡小寨的四合院，集汇的故事是我人生成长之路上捡拾到的星星和贝壳，它们一样令我着迷，令我憧憬。我把这些捡拾到的故事一一拆解，虚构成一种语言上的真实，别无其他，只为追忆逝去的童年、逝去的童趣。每个人都有童年，许多人的童年即故乡。海德格尔也提出了"诗人的天职是还乡"的著名论题。我想，无论是诗人还是作家，他们笔下作品中注入的底色永远是故乡吧。我实际离故乡只有50公里的路，但这条路我一直在走，肯定也是一辈子都走不完的！

2023 年 4 月 14 日